세 마리 토끼 잡는 독서 논술

C4
초3~초4

저자: 지에밥 창작연구소_

'지에밥'은 '찐 밥'이라는 뜻을 가진 순우리말로, 감주·막걸리·인절미 등 각종 음식의 재료를 뜻합니다.
'지에밥 창작연구소'는 차지고 윤기 나는 밥을 짓는 어머니의 정성처럼 좋은 내용으로 세상 모든 사람들에게
넉넉하게 쓰일 수 있는 지혜를 선물하고 싶습니다.

이 책을 쓴 지에밥 연구원들_

강영주(지에밥 창작연구소 소장, 빨간펜 논술, 기탄 국어 등 기획 개발), 김경선(동화작가 및 기획 편집자),
김혜란(동화작가, 아동문학가협회 회원), 왕입분(동화작가 및 기획 편집자), 우현옥(동화작가), 이현정(동화작가),
이혜수(기획 편집자), 이현정(동화작가 및 기획 편집자), 정성란(동화작가), 조은정(동화작가 및 기획 편집자),
최성옥(기획 편집자), 한현주(동화작가), 한화주(동화작가), 홍기운(동화작가 및 기획 편집자)

이 책을 감수한 선생님들_

권영민(서울대학교 국어국문학과 교수), 홍준의(서원대학교 과학교육과 교수),
김병구(숙명여자대학교 의사소통센터 교수), 문영진(전북대학교 국어교육과 교수), 조현일(원광대학교 국어교육과 교수),
김건우(대전대학교 국어국문학과 교수), 유호종(서울대학교 철학박사), 구자송(상암고등학교 국어 교사),
김영근(서울과학고등학교 국어 교사), 최영환(여의도고등학교 국어 교사), 구자관(한성과학고등학교 국어 교사),
윤성원(한성과학고등학교 국어 교사), 장원영(세화고등학교 역사 교사), 박영희(대왕중학교 과학 교사),
심선희(서울고등학교 과학 교사), 한문정(숙명여자고등학교 과학 교사)

세 마리 토끼 잡는 독서 논술 C4권

펴낸날 2020년 12월 10일 개정판 제5쇄
지은이 지에밥 창작연구소 | **연구원** 김지연, 조은정, 이자원, 차혜원, 박수희 | **펴낸이** 주민홍 | **펴낸곳** ㈜NE능률 | **디자인** framewalk | **삽화** 김석류(표지, 캐릭터) **영업** 한기영, 이경구, 박인규, 정철교, 김남준 | **마케팅** 박혜선, 고유진, 남경진, 김상민 | **주소** 서울특별시 마포구 월드컵북로 396(상암동) 누리꿈스퀘어 비즈니스타워 10층(우편번호 03925) | **전화** (02)2014-7114 | **팩스** (02)3142-0356 | **홈페이지** www.nebooks.co.kr | **출판등록** 제1-68호
ISBN 979-11-253-3090-5 | 979-11-253-3113-1 (set)

펴낸날 2012년 3월 1일 1판 1쇄
기획 개발 지에밥 창작연구소 | **디자인 기획 진행** 고정선 | **디자인** 유정아, 박지인, 이가영, 김지희 | **삽화** 오유선, 안준석, 정현정, 윤은하, 김민석, 윤찬진, 정효빈, 김승민

제조년월 2020년 12월 **제조사명** ㈜NE능률 **제조국** 대한민국 **사용 연령** 10~11세

하루하루 성장하는
내 아이의 모습을 확인하길 바라며

프랑스의 유명한 정신 분석학자이자 철학자인 라캉은 인간이 성장한다는 것은 '상징계'에 편입되는 것이라고 말했습니다. 그가 말한 상징계란 '언어를 매개로 소통하는 체계'를 의미하는데, 우리가 살아가는 세상 혹은 사회가 바로 그것입니다. 결국 한 아이가 태어나서 정신적으로 성장하는 아동기에서 가장 중요한 것은 언어로 소통하는 능력을 키우는 일입니다. 〈세 마리 토끼 잡는 독서 논술〉은 이와 같은 점에 주목하여 기획하고 구성하였습니다.

첫째, 문자 언어를 비롯하여 그림, 도표 등 다양한 상징체계를 이해하는 과정을 통해 통합적인 언어 이해력을 키울 수 있도록 하였습니다.

둘째, 텍스트 이해력뿐만 아니라 추론 능력, 구성(표현) 능력, 비판적 사고 능력 등을 통합적으로 길러서 여러 가지 문제를 해결하는 데 실질적으로 도움이 될 수 있도록 하였습니다.

셋째, 초등 교육과정의 핵심 내용과 밀접하게 연계되도록 설계하였습니다.

부모님보다 더 훌륭한 스승은 없습니다. 〈세 마리 토끼 잡는 독서 논술〉은 부모님 이외의 다른 어떤 선생님도 필요 없습니다. 이 학습 프로그램을 통해서 하루하루 성장하는 내 아이의 모습을 확인하는 기쁨을 누리시길 바랍니다.

세마리 토끼잡는 독서논술 이란?

어떤 책인가요?

하나의 주제와 관련된 다양한 글(동화, 시, 수필, 만화, 논설문, 설명문, 전기문 등)을 읽고 통합 교과적인 문제를 풀면서 감각적 언어 능력(작품의 이해와 감상)과 논리적 이해 능력(비문학의 구조, 추론, 적용 등), 국어 지식(어휘, 문법 등), 사회와 과학 내용 등을 통합적으로 익히는 독서 논술 프로그램 학습지입니다.

몇 단계, 몇 권인가요?

〈세 마리 토끼 잡는 독서 논술〉은 다음과 같이 총 5단계, 25권입니다.

단계	P단계	A단계	B단계	C단계	D단계
대상 학년	유아~초등 1년	초등 1년~2년	초등 2년~3년	초등 3년~4년	초등 5년~6년
권 수	5권	5권	5권	5권	5권

세 마리 토끼란?

'독서', '사고', '통합 교과'의 세 가지 영역을 말합니다. 즉, 한 권의 독서 논술 책으로 다양한 장르의 글을 읽을 수 있고, 논술 문제를 풀면서 사고력을 기를 수 있으며, 초등학교 주요 교과 내용과 연계된 문제를 풀면서 통합 교과 학습을 할 수 있습니다.

독서
＊각 단계에 맞게 초등학교의 주요 교과 내용을 주제로 정함.
＊각 권의 주제와 관련된 글을 언어, 사회, 과학 등으로 나누어 읽을 수 있음.

사고
＊언어, 사회, 과학 등과 관련된 다양한 장르의 글을 읽고 논술 문제를 풀면서 생각하는 능력과 생각하는 폭을 확장할 수 있음.

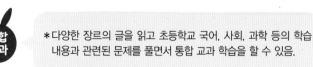
통합 교과
＊다양한 장르의 글을 읽고 초등학교 국어, 사회, 과학 등의 학습 내용과 관련된 문제를 풀면서 통합 교과 학습을 할 수 있음.

하루에 세 장씩 꾸준히 학습하면 세 마리 토끼를 잡을 수 있어요.

하루에 세 장씩 학습하면 한 권을 한 달에 끝낼 수 있어요.

세 마리 토끼잡는 독서논술 이런 점이 다릅니다

초등학교 교과 내용과 긴밀하게 연결되어 있습니다.
각 단계의 권별 내용과 문제는 그 단계에 맞는 학년의 주요 교과 내용과 긴밀하게 연결되어 교과 학습에 도움을 줍니다.

하나의 주제를 통합 교과적으로 접근합니다.
각 권마다 하나의 주제가 있고, 그 주제를 언어, 사회, 과학과 연결시켜서 사고를 확장할 수 있게 하였습니다. 그리고 여러 교과와 연계된 문제를 풀면서 통합 교과적인 사고를 할 수 있습니다.

다양한 서술·논술형 문제를 풀 수 있습니다.
매 페이지마다 통합 교과 논술 문제를 제시하여 생각하는 힘과 표현력을 키울 수 있는 것은 물론 학교 시험에서 강화되고 있는 서술·논술형 문제에 대비할 수 있습니다.

다양한 장르의 글을 접할 수 있습니다.
각 주제와 관련된 명작 동화, 창작 동화, 전래 동화, 설화, 설명문, 논설문, 수필, 시, 만화, 전기문 등 다양한 장르의 글을 읽으면서 각 장르의 특성을 체험하며 독서하는 습관을 기를 수 있습니다. 특히 현재 왕성하게 활동하고 있는 여러 동화 작가의 뛰어난 창작 동화가 20여 편 수록되어 있습니다.

수준 높은 그림을 많이 제시하여 흥미롭게 학습할 수 있습니다.
어린이들은 글과 그림이 조화를 이룬 책으로 공부할 때 학습 효과를 높일 수 있습니다. 또한 좋은 그림은 어린이들의 정서 발달에 도움을 줍니다. 이런 점을 생각하여 한 페이지를 넘길 때마다 수준 높은 그림을 제시하여 어린이들이 흥미롭게 학습할 수 있도록 하였습니다.

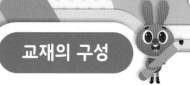

세 마리 토끼잡는 독서논술은 이렇게 구성되었습니다

독서 전 활동   생각 열기

★ 한 주의 학습을 시작하기 전에 주제와 관련된 사진이나 그림을 보고, 앞으로 학습할 내용에 대해 흥미를 가질 수 있도록 하였습니다.

★ '생각 톡톡'의 문제를 풀면서 주제에 대한 자신의 경험이나 평소 생각을 돌이켜 보며 앞으로 학습할 내용을 짐작할 수 있도록 하였습니다.

★ 통합 교과 활동과 이어질 교과서의 연계 교과를 보며 교과 내용을 참고할 수 있도록 하였습니다.

독서 중 활동   깊고 넓게 생각하기

★ 한 권에 하나의 주제가 있고, 그 주제를 언어, 사회, 과학으로 나누어서 다양한 장르의 글을 읽으며 통합 교과 문제와 논술 문제를 풀 수 있도록 구성하였습니다.

★ 1주는 언어, 2주는 사회, 3주는 과학과 관련된 제재로 구성하였고, 4주는 초등 교과에서 다루고 있는 여러 가지 장르별 글쓰기(일기, 동시, 관찰 기록문, 기행문, 독서 감상문, 기사문, 논설문, 설명문, 희곡 등)와 명화 감상, 체험 학습 등의 통합 교과 활동으로 구성하였습니다.

독서 후 활동　생각 정리하기

되돌아봐요

★ 앞에서 읽은 글을 돌이켜 보면서 이야기의 흐름과 중심 생각을 파악하고, 더 나아가 자신의 생각을 발전시키는 문제를 풀 수 있도록 하였습니다. 이를 통해 한 주 동안 읽고 생각한 내용을 머릿속에서 차근차근 정리할 수 있습니다.

내가 할래요

★ 주제와 관련된 여러 가지 활동을 하며 한 주의 학습을 마무리할 수 있도록 하였습니다. 종이접기, 편지 쓰기, 그림 그리기 등 재미있는 활동을 하며 창의력과 상상력을 키울 수 있습니다.

★ 한 주의 학습이 끝난 다음 체크 리스트를 통해 학습한 주요 내용을 잘 이해하고 적용할 수 있는지 평가할 수 있습니다.

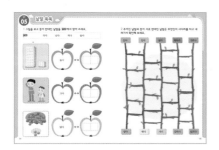

낱말 쏙쏙 (유아 P단계)

★ 한 주 동안 글을 읽으며 새로이 배운 낱말들을 그림과 더불어 살펴보고 익힐 수 있습니다.

궁금해요 (초등 A~D단계)

★ 한 주 동안 읽은 글이나 주제와 관련된 배경지식을 제공하여 앞에서 학습한 내용을 좀 더 깊이 이해할 수 있습니다.

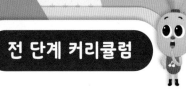

세마리 토끼잡는 독서논술의 커리큘럼

단계	권	주제	제재			
			언어(1주)	사회(2주)	과학(3주)	통합 활동 장르별 글쓰기(4주)
P (유아 ~초1)	1	나의 몸 살피기	뾰족성의 거울 왕비	주먹이	구슬아, 어디로 가니?	몸 튼튼, 마음 튼튼
	2	예절 지키기	여우와 두루미	고양이가 달라졌어요	비비네 집으로 놀러 와!	안녕하세요?
	3	친구와 사귀기	하얀 토끼, 까만 토끼	오성과 한음	내 친구를 자랑합니다!	거꾸로 도깨비 나라
	4	상상의 즐거움	헤라클레스의 모험	용용 죽겠지?	나는야 좋은 바이러스	상상이 날개를 달았어요
	5	정리와 준비의 필요성	지우개야, 고마워!	소가 된 게으름뱅이	개미 때문에, 안 돼~!	색깔아, 모양아! 여기 모여라!
A (초1 ~초2)	1	스스로 하기	내가 해 볼래요!	탈무드로 알아보는 스스로 하는 힘	우리도 스스로 잘 살아요	일기를 써 봐요
	2	가족의 소중함	파랑새	곰이 된 아빠	동물들의 특별한 아기 기르기	편지를 써 봐요
	3	놀이의 즐거움	꼬부랑 할머니와 흰 눈썹 호랑이	한 번도 못 해 본 놀이	동물 친구들도 노는 게 좋대요	머리가 좋아지는 똑똑한 놀이
	4	계절의 멋	하늘 공주가 그린 사계절	눈의 여왕	나뭇잎을 관찰해요	동시를 써 봐요
	5	자연 보호	세모산 솔이	꿀벌 마야의 모험	파브르 곤충기 (송장벌레)	관찰 기록문을 써 봐요
B (초2 ~초3)	1	학교생활	사랑의 학교	섬마을 학교가 좋아졌어요	우리 반 사고뭉치 기동이	소개하는 글을 써 봐요
	2	호기심 과학	불개 이야기	시턴 "동물기" (위대한 통신 비둘기 아노스)	물을 훔쳐 간 범인을 찾아라!	안내하는 글을 써 봐요
	3	여행의 즐거움	하나의 빨간 모자	15소년 표류기	갯벌 탐사 여행	기행문을 써 봐요
	4	즐거운 책 읽기	행복한 왕자	멸치 대왕의 꿈	물의 여행	독서 감상문을 써 봐요
	5	박물관 나들이	민속 박물관에는 팡이가 산다	재미있는 세계 이야기 박물관	과학관으로 놀러 오세요	광고하는 글을 써 봐요

단계	권	주제	제재			
			언어(1주)	사회(2주)	과학(3주)	통합 활동 장르별 글쓰기(4주)
C (초3 ~초4)	1	교통의 발달	자동차의 왕, 헨리 포드	당나귀를 타려다가……	교통수단, 사람들 사이를 잇다	명화 속 교통수단
	2	날씨와 환경	그리스 로마 신화	북극 소년 피터	생활 속 과학	날씨와 생활
	3	나누며 사는 삶	마더 테레사	민들레 국숫집	지진과 화산	주장하는 글을 써 봐요
	4	지역의 자연환경	울산 바위의 유래	우리 마을이 최고야!	아름다운 우리 고장	우리 마을 지도를 그려 봐요
	5	지역의 문화	준치가 메기 된 날	강릉의 딸, 겨레의 어머니 신사임당	우리나라 풀꽃 이야기	지역 특산물을 소개해 봐요
D (초5 ~초6)	1	우리 역사	삼국유사	옛날 사람들은 어떻게 살았을까?	역사를 바꾼 겨레 과학	지붕 없는 박물관, 경주 역사 유적 지구
	2	문화재	반야산 불상의 전설	난중일기	우리 문화에 숨어 있는 과학	설명하는 글은 어떻게 쓸까요?
	3	경제생활	탈무드로 만나는 경제	나눔을 실천한 기업가 유일한	재미있는 확률 이야기	기사문은 어떻게 쓸까요?
	4	정보화 사회	컴퓨터 천재 빌 게이츠	봉수와 파발	컴퓨터와 인터넷 세상	연설문은 어떻게 쓸까요?
	5	세계와 우주	우주를 여행하는 과학자 스티븐 호킹	80일간의 세계 일주	별과 우주	희곡은 어떻게 쓸까요?

각 학년의 교과와 연계된 주제로 다양한 글을 읽을 수 있어요.

교재의 학습 방법

세 마리 토끼 잡는 독서논술 이렇게 공부하세요

자신 있게 학습할 수 있는 단계를 선택하세요.

〈세 마리 토끼 잡는 독서 논술〉은 어린이 개인의 능력에 따라 단계를 선택하여 학습할 수 있는 교재입니다. 학년과 상관없이 자신이 자신 있게 학습할 수 있는 단계부터 선택하는 것이 중요합니다. 너무 어려운 단계나 너무 쉬운 단계를 선택하면 학습에 흥미를 잃을 수 있으므로 주의하세요.

한 주 동안 읽어야 할 독서 자료를 미리 읽으세요.

한 주 동안 읽어야 할 독서 자료를 미리 읽고 전체 내용을 파악한 다음, 매일 3장씩 읽고 문제를 푸는 것이 독서 학습을 하는 데 효과적입니다. 독서에는 흐름이 있습니다. 전체의 흐름을 미리 알고 세부적인 문제를 푸는 것이 사고력 확장에 도움이 됩니다.

매일 3장씩 꾸준히 공부하세요.

'가랑비에 옷이 젖는다.'라는 속담처럼 매일 꾸준히 3장씩 읽고, 생각하고, 표현하다 보면 독서, 사고, 통합 교과적 사고 능력이 성장한다는 것을 느낄 수 있을 것입니다. 그리고 매일 학습을 마친 뒤에는 '1일 학습 끝!' 붙임 딱지를 붙이면서 성취감을 느껴 보세요.

한 주 학습을 마친 후 자기 평가를 해 보세요.

한 주 학습이 끝난 다음에는 체크 리스트를 통해 학습한 내용을 얼마나 이해하고 적용할 수 있는지 스스로 평가해 보세요. 그래서 부족한 부분이 있다면 다시 한번 짚고 넘어가세요.

부모님과 깊이 있는 대화를 나누어 보세요.

한 주 동안 독서 자료를 읽고 문제를 풀면서 생각하고 표현해 보았다면, 그 주제에 대해 부모님과 이야기를 나누어 보세요. 주제에 대해 자신이 새롭게 알게 된 것이나 다르게 생각하게 된 것을 부모님과 이야기하다 보면 생각이 더욱 커진답니다.

한 주 학습표

일	월	화	수	목	금	토

★ 한 주 동안 읽어야 할 독서 자료 미리 읽기

★ 매일 3장씩 학습하기 → '1일 학습 끝!' 붙임 딱지 붙이기 → 한 주 학습이 끝나면 체크 리스트를 보며 평가하기

★ 부족한 부분 되짚기
★ 주요 내용 복습하기

세마리 토끼 잡는 독서논술

C단계 4권

주제	주	제목	교과 연계 내용
지역의 자연환경	언어(1주)	울산 바위의 유래	[국어 3-2] 인물에 알맞은 표정, 몸짓, 말투를 생각하며 작품 감상하기 / 감각적 표현의 재미를 살려 이야기 감상하기
			[국어 4-1] 이야기의 흐름을 파악하여 이어질 내용 상상하기 / 인물의 마음 생각하며 읽기
			[사회 4-1] 우리 지역을 대표하는 문화유산 조사하기
			[과학 4-2] 각 지역에 사는 식물의 특징 알기
	사회(2주)	우리 마을이 최고야!	[국어 4-1] 자신의 생각과 느낌 효과적으로 전달하기
			[국어 5-1] 토의 절차와 방법을 알고 토의에 활발하게 참여하기
			[사회 4-1] 주민 참여를 통해 지역 문제를 해결하는 방법 살펴보기
			[사회 4-2] 사회 변화에 따른 일상생활의 모습 조사하기 / 사회 속 문제를 해결하는 방안 탐구하기
	과학(3주)	아름다운 우리 고장	[사회 4-1] 우리 지역을 대표하는 문화유산 조사하기 / 우리 지역에 대해 알고 자부심 갖기
			[과학 3-2] 흐르는 물은 지표를 어떻게 변화시키는지 알기 / 바닷가 주변의 모습 알기
			[과학 4-2] 화산에 대해 알고, 화산에 따른 지형 변화 알기
	장르별 글쓰기 (4주)	우리 마을 지도를 그려 봐요	[국어 3-1] 설명하는 말이나 설명하는 글을 읽고 대강의 내용 간추리기
			[국어 6-1] 이야기의 구조를 생각하며 내용 간추리기
			[사회 4-1] 지도의 기본 요소를 알고 지도에 나타난 정보를 실제 생활에 활용하기 / 우리 지역 중심지의 위치, 기능, 경관의 특징 탐색하기

1주

울산 바위의 유래

생각톡톡 이 사진은 강원도 설악산에 있는 울산 바위입니다. 이 바위의 이름이 '울산 바위'인 이유가 무엇일지 상상하여 써 보세요.

관련교과 [국어 3-2] 인물에 알맞은 표정, 몸짓, 말투를 생각하며 작품 감상하기 / 감각적 표현의 재미를 살려 이야기 감상하기
[사회 4-1] 우리 지역을 대표하는 문화유산 조사하기
[과학 4-2] 각 지역에 사는 식물의 특징 알기

울산 바위의 유래

태백산맥 줄기에는 봄 여름 가을 겨울, 사계절 내내 빼어나게 아름다운 산이 두 개 있단다. 하나는 북쪽에 있는 금강산이고, 다른 하나는 남쪽에 있는 설악산이야.

설악산에는 거대한 바위가 하나 있는데, 그 바위 이름이 바로 '울산 바위'야. 강원도 설악산에 왜 경상남도에 있는 '울산' 이름을 가진 바위가 있을까? 그 바위에 숨은 이야기, 지금부터 들어 볼래?

옛날 옛적, 갓날 갓적 일이야. 아득히 먼 옛날, 하늘에서 산신령이 금강산으로 내려왔어. 산신령은 산등성이를 쭉 둘러보더니, 갑자기 "어휴." 하고 한숨을 쉬었지.

"쯧쯧, 일만 이천 개나 되는 봉우리들이 하나같이 왜 이리 밋밋할꼬……. 그래, 내가 이 금강산을 한번 멋지게 바꾸어 봐야겠다."

산신령은 몇 날 며칠 밤을 꼬박 새며 이리저리 고민을 했단다.

※ **갓날 갓적**: 지나간 날이라는 뜻으로, 표준어는 아니지만 사람들의 입을 통해 전해 내려오는 이야기에서 말장난처럼 간혹 사용된다.

※ **밋밋하다**: 생긴 모양 따위가 두드러진 특징 없이 평범하다.

사회 탐구 1. 금강산과 설악산은 태백산맥에 있습니다. 다음 ㉠～㉤ 중 태백산맥은 어느 것인가요? (   )

① ㉠

② ㉡

③ ㉢

④ ㉣

⑤ ㉤

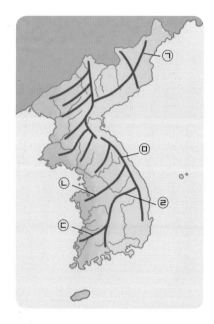

 언어 2. 설악산에 '울산 바위'가 있는 것이 왜 이상하다고 느껴지는 것일까요? (   )

① 금강산 산신령이 이상하게 만들어 놓아서

② 아주 오래전에 생겨난 바위에 이름이 붙어 있어서

③ 설악산은 강원도 지역의 산인데, 울산은 경상남도 지역의 이름이라서

④ 울산에는 원래 거대한 바위가 없는데 큰 바위의 이름이 울산 바위여서

 논술 3. 산신령이 금강산을 처음 둘러본 소감은 어떠했는지 산신령의 말투로 써 보세요.

그러던 어느 날이었어. 좋은 수가 생각났는지 산신령이 무릎을 '탁' 치며 큰 소리로 말했지.

"그래, 내로라하는 바위들을 일만 이천 개 모아 각 봉우리마다 세워 놓자. 그러면 금강산이 천하 명산으로 나무랄 데가 없어질 거야."

산신령은 곧 전령[*]들을 불러 모았어.

"너희들은 지금 곧 빼어나게 잘생긴 바위들을 찾아가서, 그들을 세상에서 가장 멋진 금강산의 봉우리가 되게 해 주겠다고 전하여라."

이 소식은 전령뿐 아니라 바람과 구름도 전하여 순식간에 방방곡곡에 퍼졌어.

"무엇이라고? 그렇지 않아도 나 같은 기암절벽[*]이 이 작은 계곡 틈새에 있어서 답답하다 여기고 있던 차에 잘됐군."

강원도는 물론 충청도, 전라도, 경상도, 그리고 평안도와 함경도의 잘생긴 바위들이 한껏 들떠 금강산으로 떠날 채비를 하기 시작했지.

※ **전령**: 명령을 전하는 사람.
※ **기암절벽**: 기이하게 생긴 바위와 깎아지른 듯한 낭떠러지.

1. 다음은 어느 행정 구역의 특징을 설명한 것인가요? (   )

- 우리나라 중동부에 위치한 도이다.
- 이 행정 구역의 모양은 오른쪽 그림과 같다.
- 금강산, 설악산 등 자연 경관이 빼어난 곳이 많다.
- 동해와 접하고 있어 해수욕장 같은 휴양지가 많다.
- 우리나라에서 고랭지 작물이 생산되는 대표적인 지역이다.

① 충청도   ② 전라도   ③ 경상도   ④ 강원도

 2. 산신령이 잘생긴 바위를 찾는다는 소식을 들었을 때 바위들의 마음은 어떠했을까요? 잘생긴 바위들의 마음으로 알맞은 것을 두 가지 고르세요. (   )

① 설레고 들뜬다.
② 고향을 강제로 떠나야 해서 서글프다.
③ 자신이 못생긴 것이 다행이라고 여긴다.
④ 금강산의 제일가는 봉우리가 되고 싶어 한다.

 3. 만일 내가 금강산의 산신령이라면 금강산을 천하 명산으로 만들기 위해 어떤 방법을 생각해 냈을지 써 보세요.

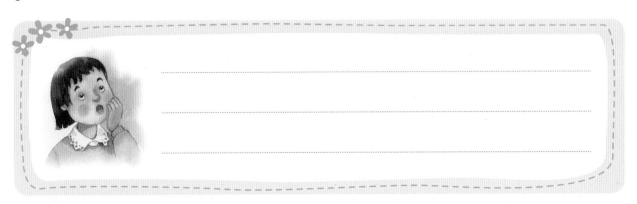

바람은 산을 넘고 넘어 경상남도 울산 땅에도 이 소식을 전해 주었어. 그러자 바위 하나가 다른 바위들에게 호들갑스럽게 말했지.

"이것 봐, 소식 들었는가? 금강산에서…….."

"진정 좀 하게. 이미 듣고 이렇게 떠날 채비를 하고 있지 않은가."

"나는 덩치는 작아도 정말 잘생겼어. 이렇게 작은 마을에 있기는 아깝지."

울산에 있던 잘생긴 바위들도 하나둘 금강산으로 길을 떠났어. 그즈음 커다란 바위 하나가 다른 바위들의 환송[*]을 받고 있었지. 바로 '울산 바위'였어.

"나만큼 웅장하고 기품 있는 바위가 세상에 어디 있어? 산신령도 아마 나를 보면 크게 감탄하실걸. 하하하."

"맞아. 자네라면 아마 금강산의 가장 멋진 봉우리가 될 거야."

"다들 잘 지내게. 나는 자네들과 인사가 끝나는 길로 이곳을 떠나 금강산으로 갈 거야. 그곳에서 제일가는 으뜸 바위가 되려고. 나를 다시 못 본다 생각하며 슬퍼하지 말고, 자네들은 이 울산 땅을 잘 지켜 주게."

그렇게 해서 울산 바위는 금강산으로 길을 떠났단다.

※ **환송**: 떠나는 사람을 기쁜 마음으로 보냄.

 1. 다음 중 울산에 대한 설명으로 바르지 않은 것은 무엇인가요? (   )

① 울산은 공업이 발달한 도시로, 사람이 많이 산다.

② 울산은 경상남도의 동북쪽에 위치한 광역시이다.

③ 울산은 우리나라 제1의 항구 도시이며, 해운대 해수욕장이 유명하다.

④ 울산은 배, 자동차 등을 많이 만드는 우리나라의 대표적인 공업 도시이다.

 2. 아래 문장에 밑줄 친 '길'이 뜻하는 바를 보기 에서 찾아 기호로 써 보세요.

> **보기** ㉠ 어떤 행동이 끝나자마자 바로
> ㉡ 물 위나 공중에서 일정하게 다니는 곳
> ㉢ 사람이나 동물, 탈것 등이 지나도록 땅 위에 낸 공간
> ㉣ 걷거나 탈것을 타고 어느 곳으로 가는 과정

(1) 울산 바위는 금강산으로 길을 떠났단다. (   )

(2) 나는 자네들과 인사가 끝나는 길로 이곳을 떠나 금강산으로 갈 거야. (   )

 **3. 고향을 떠나는 울산 바위의 마음과 떠나는 울산 바위를 바라보는 다른 바위들의 마음이 어떠할지 각각 써 보세요.**

(2)

(1)

17

막상 길을 나서니 울산 바위는 덜컥 겁이 났어. 태어나서 단 한 번도 울산을 떠나 본 적이 없었거든. 게다가 덩치가 너무 커서 한 발짝 내딛는 데도 시간이 어마어마하게 걸렸단다.

"갈 길이 먼데 한 발짝 가는 데에도 한참이 걸리네. 휴."

울산 바위가 발을 내딛을 때마다 하늘이 무너지고 땅이 갈라지는 소리가 났지. 그러거나 말거나 울산 바위는 '쿵쿵쿵' 북쪽으로 열심히 갔단다.

얼마나 갔을까? 울산 바위가 강원도 어느 산 중턱에 도착하자 이미 해가 산 너머로 지고 있었어.

"이런, 아무래도 여기서 하룻밤 머물고 내일 다시 출발해야겠군."

울산 바위는 산 너머에서 철썩철썩 들려오는 동해의 푸른 파도 소리를 들으며 잠시 고향 생각에 잠겼지.

'내 고향을 위해서라도 금강산에서 제일가는 바위가 될 테야.'

울산 바위는 울산 앞바다의 시원한 파도 소리를 떠올리며 잠이 들었어.

1. 우리나라 동해에 있는 섬을 두 개 골라 보세요. (　　　　　)

① 　② 　③ 　④

독도　　　완도　　　울릉도　　　백령도

 2. 울산 바위가 강원도 어느 산 중턱에서 잠이 들며 생각한 것을 두 가지 골라 보세요.

(　　　　　)

① 떠나온 고향이 그립다.

② 금강산에서 제일가는 멋진 바위가 되겠다.

③ 금강산에서 제일가는 바위가 되지 못할까 봐 두렵다.

④ 금강산으로 가는 길이 험하여 길을 떠난 것이 후회스럽다.

 3. 다음 보기 는 거대한 울산 바위의 걸음 소리를 과장되게 표현한 것입니다. 여러분이라면 어떻게 표현할지 써 보세요.

보기　울산 바위가 발을 내딛을 때마다 하늘이 무너지고 땅이 갈라지는 소리가 났지.

• 울산 바위가 발을 내딛을 때마다

19

이튿날 아침이 환하게 밝았어. 울산 바위는 거대한 소리를 내며 쭉 기지개를 켰지.

"우우우."

기지개 켜는 소리가 어찌나 컸던지 숲속에서 잠자고 있던 노루, 삵, 반달가슴곰까지 깜짝 놀라 눈을 떴대. 울산 바위는 다시 한 발을 내딛었어. 그런데 그 순간, 바람 한줄기가 톡톡 울산 바위의 어깨를 쳤지.

"이보게 울산 바위, 자네 지금 금강산 가는 길인가?"

"응. 곧 도착할 테니 산신령께 조금만 더 기다려 달라고 전해 주게."

그러자 바람이 난감해하며 말했어.

"저기 울산 바위, 정말 안됐네만 자네 그냥 고향으로 돌아가게. 금강산에 가 봤자 헛수고야."

"그게 무슨 말이야? 헛수고라니? 몇 고개만 더 넘으면 금강산인데 여기서 그냥 돌아가라고?"

※ **난감하다**: 이렇게 하기도 어렵고 저렇게 하기도 어려운 처지가 매우 딱하다.

1. 다음 중 이야기에서 일이 일어난 순서를 알려 주는 말을 두 개 골라 보세요.

( )

① 그냥 　　　　　② 이튿날 　　　　　③ 이보게 　　　　　④ 그러자

 2. 바람이 울산 바위를 보고 난감해한 까닭은 무엇인가요? ( )

① 울산 바위가 고향으로 돌아가려고 해서
② 금강산에 갈 필요가 없다는 것을 말해야 해서
③ 울산 바위가 금강산 가는 길을 몰라 헤매고 있어서
④ 소식을 전해야 할 바위들이 너무 많이 남아 있어서

3. 바람이 울산 바위에게 금강산에 갈 필요가 없다고 말한 이유가 무엇일까요? 그 이유를 상상하여 바람의 말투로 써 보세요.

"이미 금강산에 일만 이천 개의 봉우리가 모두 차서 가 봐도 자리를 얻기 어렵거든."

울산 바위는 기가 막혀 그 자리에 '쿵' 하고 주저앉았어.

'아이고, 이제 나는 어찌해야 하나! 큰소리 땅땅 치고 왔으니 창피해서 고향으로 돌아갈 수도 없고……'

울산 바위는 목 놓아 꺽꺽 울기만 했어.

얼마나 울었을까?

울산 바위는 퉁퉁 부은 눈으로 가만히 산 아래를 내려다보았단다.

"이야, 그런데 여기는 대체 어디지? 너무 아름다운데!"

울산 바위는 아름다운 풍경을 보며 입이 쩍 벌어졌어. 그곳이 어디였냐고? 바로 설악산이었지. 설악산이 어떤 산이야? 금강산과 앞서거니 뒤서거니 할 정도로 아름다운 산 아니겠어?

"그래! 어디 세상천지에 금강산만 명산이더냐. 나는 이곳에 앉아 아름다운 바위가 될 테야."

그리하여 울산 바위는 설악산에 앉아 멋진 모습을 뽐내게 되었단다.

사회 탐구

1. 다음은 어떤 산에 대한 설명인지 이 글에서 찾아 쓰세요.

▲ 울산 바위

• 울산 바위가 이 산에 있다.
• 태백산맥에 있는 명산이다.
• 국립 공원으로 지정되어 있다.
• 가장 높은 봉우리는 대청봉이다.

(   )

 언어

2. 금강산과 설악산의 공통점으로 알맞은 것은 무엇인가요? (   )

금강산

설악산

① 바위가 하나도 없다.

② 경치가 매우 아름답다.

③ 우리나라에서 가장 높은 산이다.

④ 일만 이천 개의 봉우리가 있다.

논술

3. 금강산에 가려던 목표를 접고 설악산에 앉은 울산 바위의 행동은 잘한 것일까요? 여러분의 생각은 어떤지 자유롭게 써 보세요.

　설악산에 자리 잡은 울산 바위는 행복하게 잘 살았냐고? 흠, 글쎄. 그날 이후 울산 바위가 어떻게 되었는지 들어 볼래?

　강원도 설악산에 '신흥사'라는 절이 있어. 그 절 뒤편에는 병풍처럼 멋지게 펼쳐진 바위가 있는데, 그게 바로 울산 바위지. 울산 바위는 처음 설악산에 자리 잡은 대로 잘 지내고 있었어.

　그런데 조선 시대에 울산 바위의 고향인 경상남도 울산 땅에 새로 원님이 부임했어. 원님은 마을을 돌아보다가 우연히 울산 바위 이야기를 듣게 되었지.

　"뭐? 이곳에 있던 바위가 강원도로 가서 설악산을 빛내 주고 있다고? 그렇다면 이렇게 앉아 있을 수만은 없지."

　멋지고 웅장한 울산 바위가 자기가 다스리는 울산이 아닌 다른 곳의 명물이 되었다고 하니 배가 아팠던 거야.

　'강원도로 가서 울산 바위를 쓰는 것에 대해 세금을 받아 와야겠다.'

　원님은 부랴부랴 강원도 신흥사로 가서 세금을 받아 왔대.

＊ **명물**: 어떤 지방의 이름난 사물.
＊ **세금**: 국가나 지방 공공 단체가 필요한 경비를 마련하고 국민이나 주민으로부터 거두어들이는 돈.

사회 탐구 1. 다음 지도를 보고 울산 바위가 사는 설악산과 울산 원님이 사는 울산이 속해 있는 도의 이름을 쓰고, 그 도의 위치를 지도에서 찾아서 (   ) 안에 기호를 쓰세요.

(1) 설악산이 속해 있는 도 이름: _____ (   )

(2) 울산이 속해 있는 도 이름: _____ (   )

 언어 2. 울산 원님이 강원도에 있는 절 신흥사를 찾아간 이유는 무엇인가요? (   )

▲ 신흥사

① 울산 바위를 돌려 달라고 하기 위해서

② 아픈 배를 낫게 할 약을 구하기 위해서

③ 설악산의 아름다운 경치를 구경하기 위해서

④ 울산 바위를 쓰고 있는 데에 대한 세금을 걷기 위해서

논술 3. 울산 원님이 울산 바위의 이야기를 듣고 배가 아팠던 이유는 무엇인가요?

울산 원님이 한두 번도 아니고 번번이 세금을 내라고 독촉하니, 신흥사 주지 스님은 여간 머리가 아픈 게 아니었어. 가뜩이나 나라에서 불교를 멀리하고 유교를 따르라고 해서 들어오는 돈도 얼마 안 되었거든.

한 달, 한 주, 하루……, 원님이 세금 걷으러 오는 날이 다가올수록 주지 스님 얼굴에는 그늘이 드리워졌지. 주지 스님은 근심스런 얼굴로 절 마당을 왔다 갔다 했어.

그러자 며칠 전 가난한 부모를 따라 절에 오게 된 동자승이 주지 스님에게 물었어.

"스님, 어찌하여 근심 어린 표정을 하고 계십니까?"

주지 스님은 그간의 일들을 동자승에게 이야기해 주었단다. 동자승은 골똘히 생각하더니 주지 스님에게 말했어.

"스님, 걱정 마세요. 제게 좋은 생각이 있어요."

"그래? 그게 무엇인지 말해 보아라."

"내일 울산 원님이 오시면 알게 되실 겁니다. 히히히!"

※ **주지 스님**: 절을 책임지고 맡아서 관리하는 스님.
※ **동자승**: 나이 어린 스님.
※ **골똘히**: 한 가지 일에 온 정신을 쏟아 딴 생각이 없이.

1. 다음은 조선 시대에 중요하게 여겼던 종교에 대한 설명입니다. 이 종교가 무엇인지 이 글에서 찾아 쓰세요.

- 중국의 학자인 공자의 가르침이 담긴 유학을 바탕으로 한다.
- 이 종교에서 중요하게 여기는 것은 나라에 충성하고, 부모와 웃어른을 공경하며, 부부 사이에 도리를 지키는 것이다.

▲ 공자

(   )

 2. 신흥사 주지 스님이 근심스러운 얼굴로 절 마당을 왔다 갔다 한 이유는 무엇인가요?

(   )

① 동자승이 자꾸 말썽을 일으켜서
② 울산 바위를 어떻게 없애야 할지 몰라서
③ 내일 울산 원님이 올 때 세금으로 낼 돈이 없어서
④ 더 깊은 산속으로 절을 옮겨야 할지 고민이 되어서

3. 다음은 주지 스님이 동자승에게 들려준 '그간의 일들' 중 일부입니다. 주지 스님은 이 일들 외에 무엇을 더 이야기했을까요? 정리하여 간단히 써 보세요.

① 울산 바위가 설악산에 있게 된 사연

② 몇 년 전 울산에 새로 원님이 부임한 일

③ _____

_____

④ _____

_____

다음 날이 되자 *어김없이 울산 원님이 신흥사에 왔어.

"스님, 울산 바위를 잘 쓰고 계시니 올해도 세금을 주셔야지요?"

주지 스님은 아무 말도 못한 채 얼굴이 붉으락푸르락했지. 그러자 동자승이 앞으로 나서며 말했어.

"원님, 해마다 이 먼 곳까지 오느라 힘드시겠습니다. 하지만 이제는 그러지 않으셔도 됩니다. 저희는 더 이상 세금을 드릴 수 없거든요."

울산 원님은 조그마한 동자승의 말에 기가 찼어.

"무엇이라고? 어찌 세금을 내지 않겠다는 것이냐?"

"원님도 아시다시피 저 바위는 우리가 가져온 것이 아니라 제 발로 온 것입니다. 게다가 저 거대하고 단단한 바위 때문에 농사도 짓지 못하니 여간 불편한 게 아니지요. 그러니 울산으로 도로 가져가십시오."

이를 지켜보던 주지 스님과 사찰 사람들은 '얼씨구, 잘한다.' 하며 고개를 끄덕였어.

※ **어김없이**: 어기는 일이 없이. 틀림이 없이.

1. 설악산과 같은 산간 지역의 생활 모습에 대해 <u>잘못</u> 말한 친구는 누구인가요?

(   )

1주 3일
학습 끝!

붙임 딱지 붙여요.

① 평평한 땅이 많아서 벼농사를 짓는 사람들이 많아.

② 아름다운 산과 계곡을 보려고 많은 관광객들이 찾아오고 있어.

③ 산에서 잘 자라는 약초, 버섯, 인삼과 같은 특용 작물을 많이 재배해.

④ 높은 산지에서는 여름에 서늘한 기후를 이용하여 고랭지 채소를 많이 재배해.

 2. 동자승이 원님에게 세금을 낼 수 없다고 말한 까닭을 두 가지 고르세요.

(   )

① 신흥사에는 더 이상 세금을 낼 돈이 없다.

② 울산 바위가 너무 못생겨서 좋은 풍경을 망가뜨리고 있다.

③ 거대하고 단단한 울산 바위 때문에 농사를 짓지 못해 오히려 불편하다.

④ 울산 바위는 우리가 원해서 이곳에 온 것이 아니라 제 스스로 온 것이다.

3. 만일 주지 스님이 동자승에게 고마운 마음을 담아 편지를 쓴다면 어떤 내용이 담겨 있을까요? 여러분이 주지 스님이 되어 직접 편지글을 써 보세요.

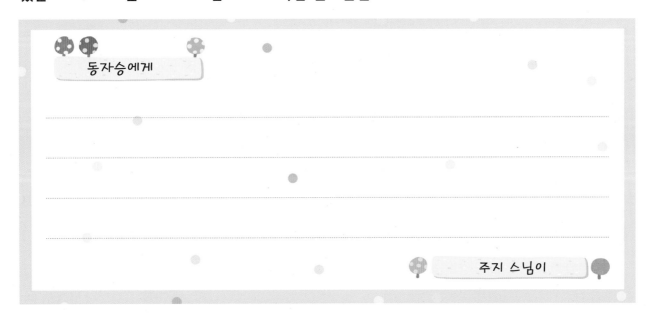

동자승에게

주지 스님이

하지만 울산 원님의 얼굴은 벌레라도 씹은 듯 일그러졌어. 동자승의 말이 틀린 데가 없으니 맞받아치지도 못한 채 안절부절못했지. 울산 원님은 곧 동자승을 혼내 줄 방법을 생각해 냈어.

"좋다. 울산 바위를 가져갈 테니 바위를 끌고 갈 수 있게 새끼줄로 바위를 묶어 놓아라. 단, 태운 짚으로 꼰 새끼줄이어야 한다. 만일 사흘 안에 해 놓지 않으면 세금 뿐 아니라 이 절도 내가 가질 것이다."

"예. 사흘 안에 반드시 해 놓을 테니 꼭 가져가십시오."

울산 원님이 [*]으름장을 놓고 돌아가자, 주지 스님은 [*]시름에 잠겼어.

"아니, 어쩌자고 그런 약속을 했느냐? 태운 짚으로 어떻게 새끼줄을 꼴 수 있으며, 그것으로 어찌 저 큰 바위를 묶는단 말이냐."

"스님, 제게 좋은 수가 있습니다. 저 아래 청초호와 영랑호는 동해 바닷물이 들어와 만들어진 것이라서 [*]해조류가 많습니다."

"그렇기는 하다만……."

주지 스님은 동자승이 생각해 낸 방법이 무엇인지 잘 몰랐어.

※ **으름장**: 말과 행동으로 위협하는 짓.
※ **시름**: 마음에 걸려 풀리지 않고 항상 남아 있는 근심과 걱정.
※ **해조류**: 바다에서 나는 식물들로, 바다의 깊이와 빛깔에 따라 녹조류, 갈조류, 홍조류로 나뉜다.

1. 울산 원님이 울산 바위를 가져가기 위해 내세운 조건이 <u>아닌</u> 것은 무엇인가요?

(   )

① 사흘 안에 해 놓아야 한다.

② 반드시 혼자 힘으로 해야 한다.

③ 새끼줄로 바위를 묶어 두어야 한다.

④ 태운 짚으로 꼰 새끼줄이어야 한다.

 2. 다음 해조류에 대한 설명을 읽고, 해조류에 해당하지 <u>않는</u> 것을 골라 보세요.

(   )

- 빛깔은 녹색, 갈색, 붉은색을 띤다.
- 해조류는 뿌리, 줄기, 잎의 구별이 없다.
- 해조류는 바다에서 나는 식물로, 사람들이 많이 먹는다.

①
김

②
미역

③
깻잎

④
다시마

 3. 울산 원님은 왜 울산 바위를 가져가기 위해 어려운 조건들을 내세웠을까요? 울산 원님의 의도는 무엇일지 짐작하여 써 보세요.

울산 원님의 의도는

"스님, 마을 사람들에게 물기 가득한 해조류를 많이 가져오라고 부탁해 주십시오. 가능한 한 빨리요."

마을 사람들은 영문도 모른 채 그저 동자승이 시키는 대로 했어.

다음 날이 되자, 절 마당은 마을 사람들이 가져온 해조류로 비릿한 냄새가 진동했지. 마을 사람들은 동자승의 다음 명령만 기다렸어.

"이제부터 우리는 이 해조류를 꼬아 새끼줄을 만들어야 합니다. 자, 어서 시작해 주세요."

"뭐라고? 분명 태운 짚으로 꼰 새끼줄이라고 했는데……."

사람들은 고개를 갸우뚱하며 이상하게 여겼지. 그러자 동자승이 밝게 웃으며 말했어.

"해조류에는 물기가 많아 불에 태워도 검게 그을릴 뿐 모두 타지 않습니다. 이 해조류로 새끼줄을 만들어 바위를 두른 뒤 불을 붙이면 마치 태운 짚으로 꼰 새끼줄처럼 보인답니다."

주지 스님과 마을 사람들은 동자승의 지혜에 또 한 번 놀랐단다.

※ **영문**: 일이 돌아가는 형편이나 그 까닭.
※ **비리다**: 물고기, 동물의 피 등에서 나는 냄새나 맛이 있다.

1. 해조류가 사는 바닷물에는 소금이 녹아 있습니다. 다음 중 소금의 성질이 <u>아닌</u> 것은 무엇인가요? (   )

① 소금은 주로 바다에서 얻는다.

② 짠맛을 지니고 있고, 물에 잘 녹지 않는다.

③ 공기 중의 수분을 흡수하여 축축해지기도 하지만, 물질이 부패하는 것을 막아 준다.

④ 냄비에 소금과 물을 넣고 끓이면 물은 증발하여 공기 중으로 날아가고 냄비 바닥에 소금만 남는다.

▲ 소금

 2. 동자승이 원님이 요구한 대로 울산 바위를 묶은 방법을 순서대로 나열해 보세요.

ㄱ 해조류를 꼬아 새끼줄을 만든다.

ㄴ 청초호와 영랑호에서 해조류를 모은다.

ㄷ 해조류로 만든 새끼줄에 불을 붙여 태운다.

ㄹ 해조류로 만든 새끼줄을 울산 바위에 두른다.

(   ) → (   ) → (   ) → (   )

 3. 동자승이 생각해 낸 방법에 대한 여러분의 생각이나 느낌을 자유롭게 써 보세요.

약속했던 사흘째 날이 되었어.

"괘씸한 녀석. 내가 오늘 너를 제대로 혼내 줄 테다."

동자승을 혼내 줄 생각에 울산 원님은 한달음에 신흥사로 올라갔어. 헐레벌떡 오르느라 울산 바위도 제대로 못 쳐다봤지.

"나, 나리, 저기 좀 보십시오."

울산 원님은 그제야 고개를 들어 이방이 가리키는 곳을 보았어.

"아니, 어, 어떻게 저럴 수 있단 말이냐?"

울산 원님은 까맣게 탄 새끼줄에 묶인 울산 바위를 보고 그 자리에 털썩 주저앉았지.

'동자승이 아니라 신령인가 보구나. 안 되겠다. 더 망신당하기 전에 내려가자.'

울산 원님은 서둘러 산을 내려와 울산으로 돌아갔단다.

그날 이후로 울산 원님은 세금 얘기는 입 밖으로 꺼내지도 못했대. 이렇게 해서 울산 바위는 오늘날까지 설악산에서 무사히 살게 되었다는구나.

1. 다음과 같은 울산 원님의 말을 실감 나게 읽으려면 어떻게 해야 할지 보기 에서 골라 기호를 쓰세요.

보기
- ㉠ 수줍은 듯이
- ㉡ 깜짝 놀라듯이
- ㉢ 화가 많이 난 듯이
- ㉣ 슬퍼서 흐느끼듯이
- ㉤ 속상하고 억울한 듯이
- ㉥ 우물쭈물하며 망설이듯이

1주 4일
학습 끝!

붙임 딱지 붙여요.

(1) "괘씸한 녀석. 내가 오늘 너를 제대로 혼내 줄 테다." (   )

(2) "아니, 어, 어떻게 저럴 수 있단 말이냐?" (   )

 2. 다음 중 세금에 대한 내용으로 바르지 <u>않은</u> 것은 어느 것인가요? (   )

① 국민은 국가에 세금을 꼭 내야 한다.

② 국가나 지방 공공 단체에서는 세금을 마음대로 써도 된다.

③ 국가나 지방 공공 단체에서는 세금으로 국민이나 주민에게 필요한 공공시설을 짓는다.

④ 국가나 지방 공공 단체가 국민이나 주민으로부터 거두어들이는 돈을 '세금'이라고 한다.

 3. 울산으로 돌아가는 울산 원님에게 해 주고 싶은 말을 써 보세요.

1 '울산 바위의 유래'에 나오는 인물들의 성격을 찾아 줄로 이어 보세요.

(1)

울산 바위

(2)

울산 원님

(3)

동자승

㉠ 자신감이 넘치고 주어진 상황에 적응을 잘한다.

㉡ 용기가 있고 지혜롭다.

㉢ 샘이 많고 억지를 잘 부린다.

2 울산 원님의 다음 생각에 대한 여러분의 의견을 써 보세요.

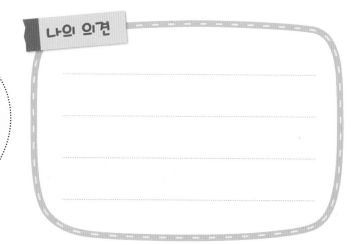

울산 바위는 원래 울산 땅에 있던 것이니 울산 바위를 쓰고 있는 강원도 신흥사로부터 세금을 거두어야 해!

나의 의견

3 만약 울산 바위가 포기하지 않고 끝까지 꿈을 이루려고 했다면 이야기가 어떻게 바뀌었을지 상상하여 써 보세요.

4 친구에게 울산 바위 이야기를 알려 주려고 합니다. 빈칸에 알맞은 낱말을 넣어 내용을 완성해 보세요.

옛날 옛적 산신령이 금강산의 일만 이천 봉우리에 필요한 바위를 모았어. 이 소식을 들은 ☐☐☐ 는 금강산으로 떠났지. 하지만 ☐☐☐ 에 도착했을 때 금강산의 ☐☐☐ 봉우리가 모두 찼다는 소식을 들었어. 울산 바위는 속상해서 엉엉 울다가 문득 ☐☐ 의 아름다운 모습을 보고 한눈에 반해 그곳에 머물게 되었단다.

5 다음은 웅장한 울산 바위의 모습입니다. 울산 바위의 모습을 살펴보고 이 바위에 어울리는 다른 이름을 붙여 주세요. 그리고 그렇게 지은 이유도 보기 처럼 써 보세요.

보기   이름: 침대 바위

이유: 넓고 크게 퍼져 있는 모양이 침대 같아서

(1) 이름:

(2) 이유:

궁금해요

우리나라의 아름다운 산을 찾아 떠나자!

금강산과 설악산 외에도 우리나라에는 아름다운 산들이 아주 많습니다. 아래 지도에서 우리나라 곳곳에 펼쳐져 있는 산들을 만나 보세요.

북한산
서울시와 경기도 고양시 사이에 있는 산으로, 백운대, 인수봉, 만경대 세 봉우리가 있어 '삼각산'이라고도 한다. 높이는 약 836미터이다.

월악산
충청북도 제천시, 충주시, 단양군과 경상북도 문경시 사이에 있는 산이다. 높이는 약 1,095미터이다.

계룡산
충청남도 공주시와 계룡시, 대전광역시에 걸쳐 있는 산이다. 천황봉을 비롯하여 스무 개 정도의 봉우리로 이루어져 있다. 높이는 약 846미터이다.

월출산
전라남도 영암군과 강진군 경계에 있는 산으로 기암괴석이 퍼져 있는 바위산이다. 높이는 약 811미터이다.

한라산
제주특별자치도 중앙에 있는 산으로 화산 활동으로 만들어졌다. 정상에는 화산의 분출구가 막혀 호수가 된 백록담이 있다. 높이는 약 1,947미터로 남한에서 가장 높다.

설악산

강원도 양양군과 인제군 사이에 있는 산으로, 태백산맥 가운데에 솟았다. 최고봉은 대청봉이고 동쪽의 동해안 쪽을 외설악, 서쪽의 내륙 쪽을 내설악으로 구분한다. 금강굴, 비룡 폭포, 신흥사, 울산 바위, 오색 약수 등이 있고, 높이는 약 1,708미터이다.

치악산

강원도 원주시에 있는 산으로 지형이 매우 험하다. 최고봉은 비로봉이고, 높이는 약 1,282미터에 이른다.

가야산

경상북도 성주군과 경상남도 합천군 사이에 있는 산으로 소의 머리와 비슷하여 '우두산'이라고 불리기도 했다. 해인사, 황제 폭포 등의 명승지가 있고, 높이는 약 1,433미터이다.

주왕산

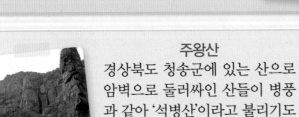

경상북도 청송군에 있는 산으로 암벽으로 둘러싸인 산들이 병풍과 같아 '석병산'이라고 불리기도 한다. 높이는 약 722미터이다.

지리산

경상남도, 전라남도, 전라북도에 걸쳐 있는 산으로, 소백산맥 남쪽에 있다. 청학동, 칠불암 등이 유명하며 산세가 좋아 명산으로 꼽힌다. 높이는 약 1,915미터로, 남한에서 한라산 다음으로 높다.

우리나라에는 아름다운 산들이 많단다. 거대하지는 않지만 구불구불 정겨운 길들이 많아 오르기 좋고, 계절에 따라 다른 모습으로 변해서 늘 새롭게 느껴지지.

✏️ 우리 고장을 대표하는 산의 위치와 특징 등을 간단히 소개해 보세요.

내가 할래요

노랫말을 바꿔 보자

다음은 '금강산'이라는 노래의 악보입니다. 내가 살고 있는 고장의 아름다운 산의 이름과 특징을 넣어 노랫말을 바꾸어 불러 보세요.

금강산

강소천 작사
나운영 작곡

1. 금강 산찾아가자 일만이천봉   볼수 록아름답고   신기하구나
2. 금강 산보고싶다 다시또한번   맑은 물굽이-쳐   폭포이루고

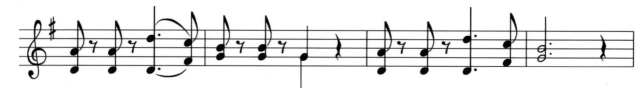

철 따 라 - 고 운 옷   갈 아 입 는 산
갖 가 지 옛 이 야 기   가 득 지 닌 산

이름 도아름다워 금강이라네 금 강 - 이 라 네
이름 도찬란하여 금강이라네 금 강 - 이 라 네

1주
학습 끝!

확인할 내용	잘함	보통임	부족함
1. 이번 주 학습을 5일(월요일~금요일) 안에 끝마쳤나요?			
2. 울산 바위의 유래를 잘 이해했나요?			
3. 강원도와 경상남도의 위치를 지도에서 찾을 수 있나요?			
4. 우리나라의 주요 산들을 소개할 수 있나요?			

제목:

작사

나운영 작곡

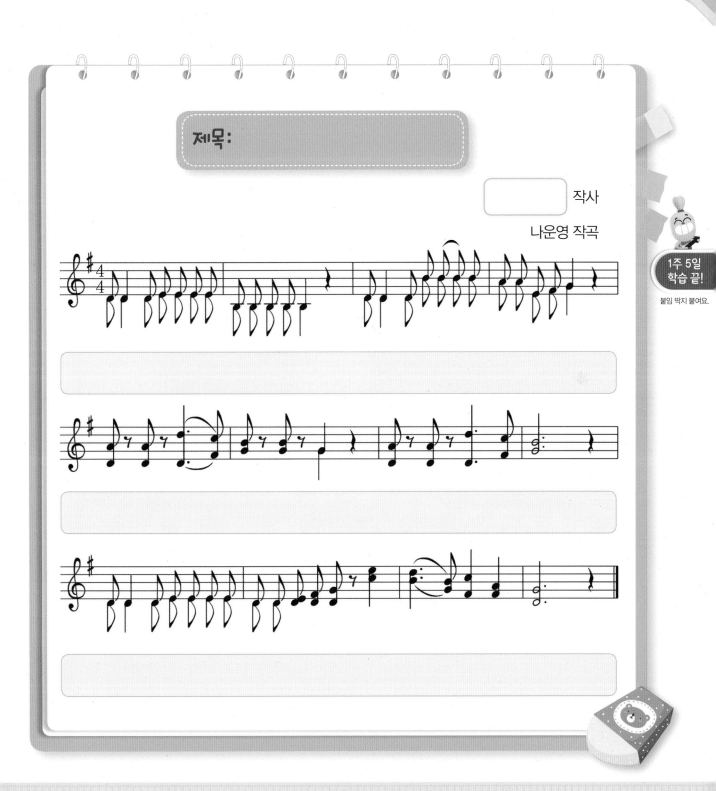

1주 5일
학습 끝!

붙임 딱지 붙여요.

전하는 말

2주

우리 마을이 최고야!

생각톡톡 이 사진 속 마을을 보면 어떤 생각이나 느낌이 드는지 써 보세요.

관련교과 [국어 4-1] 자신의 생각과 느낌 효과적으로 전달하기
[사회 4-1] 주민 참여를 통해 지역 문제를 해결하는 방법 살펴보기

제복이네 마을 이야기

"어르신, 나오셨어요? 제복이도 나왔구나?"

집배원 아저씨가 자전거를 멈추고 인사를 한 뒤 지나갔어요. 열 살 제복이는 인사를 하는 둥 마는 둥 바람개비를 돌리느라 정신이 없었지요. 제복이 할아버지는 가게 앞 평상[*]에 잠시 앉으셨어요.

"어이, 달구야, 여기서 뭐 하나?"

평상에는 십 년 전 교통사고로 다리를 다친 달구 할아버지가 지팡이를 쥐고 앉아 계셨어요. 제복이는 사탕을 물고 할아버지에게 뛰어갔어요.

"제복아, 저기 앞에 놓인 도로 보이냐? 저 도로가 우리 마을을 육지로 연결해 주는 소중한 길이란다."

"맞아. 에이그, 저 도로만 일찌감치 뚫렸더라도 큰 병원에 빨리 가서 내 다리가 이 지경까지 되지는 않았을 텐데……."

제복이는 잠깐 도로를 바라보다가 다시 뛰어다니며 바람개비를 쌩쌩 돌렸어요. 제복이 할아버지와 달구 할아버지는 잠시 옛 생각에 잠기셨어요.

[*] **평상**: 나무로 만든 가구로, 밖에 내어 앉거나 드러누워 쉴 수 있도록 만든 것.

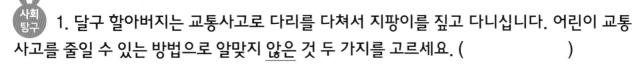

🐰 사회 탐구

1. 달구 할아버지는 교통사고로 다리를 다쳐서 지팡이를 짚고 다니십니다. 어린이 교통사고를 줄일 수 있는 방법으로 알맞지 <u>않은</u> 것 두 가지를 고르세요. (　　　　　)

① 어린이를 위한 교통안전 시설을 확보해야 한다.

② 학교 근처에 자동차가 절대 다니지 못하게 해야 한다.

③ 운전자에게 어린이 교통안전에 대한 교육을 철저히 시켜야 한다.

④ 어린이들이 집과 학교 외에 다른 곳을 다니지 못하도록 해야 한다.

🐰 예체능

2. 다음은 바람개비를 만드는 과정을 그린 그림들입니다. 제복이가 바람개비를 어떤 순서로 만들었을지 순서에 맞게 기호를 써 보세요.

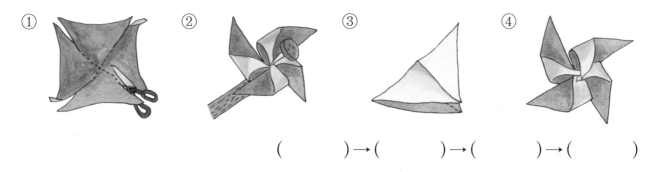

(　　　　) → (　　　　) → (　　　　) → (　　　　)

🐰 논술

3. 제복이 행동에서 고쳐야 할 점은 무엇일까요? 글을 잘 읽은 뒤, 여러분이 직접 제복이에게 충고하는 말을 써 보세요.

보기　제복아, 어른이 물으시면 대답을 해야 해. 다음부터는 어른들이 말씀하시면 잘 듣고 대답도 잘했으면 좋겠구나.

제복아, _____

_____

_____

제복이 할아버지가 젊었을 때 귀산 마을은 마치 섬 같았어요. 앞에는 바다가 펼쳐져 있고 마을 뒤로는 험한 산이 둘러싸고 있었지요. 그래서 제복이 할아버지를 비롯한 귀산 마을 사람들은 바다에서 고기를 잡거나 갯벌에서 조개나 굴을 캐서 먹고 살았어요. 먹을 것이 풍부하고 자연환경이 좋아서 남부러울 것이 없었지요.

하지만 뭍으로 연결되는 큰길이 없는 게 문제였어요. 다른 지역으로 가려면 마을 뒤 큰 산을 넘고 또 넘어야 했거든요. 그러다 보니 생선들을 신선하게 내다 팔 수도 없고, 아이들이 학교에 가거나 어르신들이 병원이나 시장에 다니는 것도 불편했어요. 그래서 귀산 마을 사람들은 늘 뭍으로 가는 큰길이 놓이길 간절히 바랐지요.

"꼬불꼬불 좁은 길 말고 넓고 곧게 뻗은 큰길을 차로 신나게 달려 보는 게 내 소원이야."

"엊그제 군수 양반하고 국회 의원 양반이 다녀갔다던데, 하루속히 우리 바람을 들어주면 얼마나 좋을까?"

※ 뭍: 지구 표면에서 바다를 뺀 나머지 부분.
※ 군수: 군의 일을 맡아보는 사람들의 우두머리.

1. 귀산 마을이 예전에 섬 같았던 이유는 무엇인가요? (   )

① 주변에 섬이 아주 많이 모여 있어서

② 주위가 온통 바다로 둘러싸여 있어서

③ 고향이 섬인 사람들이 많이 모여 살아서

④ 앞에는 바다가 있고 뒤에는 험한 산으로 둘러싸여 있어서

 2. 다음 중 귀산 마을 사람들이 살고 있는 지역은 어디인가요? (   )

①
농촌

②
산촌

③
어촌

④
도시

3. 예전에 귀산 마을 사람들이 마을의 가장 큰 문제라고 생각했던 것이 무엇이고, 그것을 어떻게 해결해 주길 바랐는지 써 보세요.

우리 귀산 마을의 가장 큰 문제는 (1)

그 문제를 해결하려면, (2)

사실 귀산 마을에서 육지로 연결되는 길은 있었지만 좁고 구불구불해서 많이 불편했어요. 그렇다고 마을 사람들의 힘으로 차가 다닐 만큼 큰길을 만들기는 쉽지 않았지요. 도로를 놓을 만한 곳에는 군사 시설들이 모여 있었고, 경사가 심한 큰 산 때문에 길을 놓으려면 많은 돈과 장비가 필요했거든요.

그러던 어느 날, 기다리던 소식이 왔어요.

"뭐? 정말이야? 정말 우리 마을에 도로가 놓이는 거야?"

"정말이라고. 내가 방금 전에 이장님에게 듣고 왔어."

귀산 마을 사람들은 깜짝 놀라 이장님 집으로 몰려갔어요.

"이장님, 도로가 놓인다는 말이 정말이에요?"

"허허. 이번에는 일이 잘되었대. 곧 사업이 시작되고 마을 안으로 덩치 큰 기계들도 들어올 거라고 하던걸."

이장님도 기분이 좋은지 연신 허허 웃으며 얘기했어요.

※ **경사**: 비스듬히 기울어짐.
※ **이장**: 행정 구역의 단위인 '이(里)'를 대표하여 일을 맡아보는 사람.

1. 마을 사람들이 이장님 집으로 몰려간 이유는 무엇인가요? (   )

① 마을 잔치를 열 계획을 세우려고

② 그동안 거짓말을 한 것을 따지려고

③ 도로가 놓이는 소식이 정말인지 확인하려고

④ 좋은 소식을 일찌감치 전해 주지 않아 화가 나서

2주 1일 학습 끝! 붙임 딱지 붙여요.

2. 이장은 행정 구역 단위인 '이'를 대표하는 사람으로, 지방 자치 단체인 '군'에 속해 있습니다. 다음 '지방 자치'의 뜻을 참고하여, 지방 자치를 실시하는 이유로 알맞지 <u>않은</u> 것을 고르세요. (   )

> 지역의 주민들이 선출한 대표가 지역 주민들의 바람이나 의견을 헤아려서 살기 좋은 지역으로 만들어 가는 활동을 '지방 자치'라고 한다.

① 지역마다 처한 환경이나 사정이 다르기 때문이다.

② 지역마다 주민들의 의견이나 바람이 다르기 때문이다.

③ 지역의 상황에 맞게 일을 효과적으로 처리하기 위해서이다.

④ 각 지역의 환경을 고려하지 않고 모든 지역을 같게 만들기 위해서이다.

3. 이장은 주민들의 바람이나 의견을 군청에 알리는 역할을 합니다. 내가 만약 우리 지역을 대표하는 사람이라면, 우리 지역 어린이들의 어떤 바람을 알리고 싶은지 보기 처럼 써 보세요.

> 보기   우리 지역에는 어린이들이 마음껏 뛰어놀 수 있는 넓은 잔디밭이 필요하다.

며칠이 지나자 정말로 마을 안으로 커다란 불도저가 들어왔어요.

"아, 이 탱크같이 생긴 것이 길을 내 주는 거냐? 아이고, 잘 부탁한다. 튼튼하고 쭉 뻗은 길 잘 만들어다오."

순옥이 할머니가 거대한 불도저를 쓰다듬으며 말씀하셨어요. 그 모습을 보고 마을 사람들 모두 하하하 웃었지요.

그런데 며칠이 지나도록 마을 공사가 시작되지 않았어요.

"아니, 무슨 문제라도 있는 거야? 왜 공사를 안 해?"

"마을 청년회장이랑 몇몇이 공사를 반대한대요. 산을 많이 깎아 큰길을 내면 자연이 많이 훼손되어서 머지않아 우리 마을이 피해를 본다고요."

"하긴, 자연환경을 망가뜨리면 우리가 마시는 공기나 물이 오염되고, 특히 산을 훼손하면 산사태가 일어날 가능성이 높지."

곧 공사에 찬성하던 마을 사람들도 하나둘 산을 깎아 길을 내는 것에 반대하기 시작했어요.

※ **불도저**: 공사에 사용하는 특수 자동차의 하나. 흙을 밀어 내어 땅을 다지거나 땅을 고르게 하는 데 쓰임.

1. 공사에 쓰이는 기계들이 들어왔는데도 마을 공사가 시작되지 않은 이유는 무엇인가요? (   )

① 기계들이 고장 나서

② 불도저가 너무 작아서

③ 군청에서 도로를 내는 일에 반대해서

④ 마을 사람 몇몇이 자연을 훼손한다고 공사를 반대해서

2. 귀산 마을은 지역 문제를 해결하는 과정에서 서로 다른 의견이 생겼습니다. 이렇게 다른 의견을 하나로 모으는 방법으로 옳지 <u>않은</u> 것을 제시한 친구는 누구인가요? (   )

① 의견을 하나로 모으려면 대화와 타협을 해야 해.

② 다수결의 원칙에 따라서 결정하는 것도 좋아.

③ 사람들의 다양한 의견을 존중하면서 의견을 하나로 모아야 해.

④ 다수결의 원칙에 따라서 의견을 결정할 때, 소수의 의견은 존중할 필요가 없어.

3. 귀산 마을의 자연환경을 덜 파괴하면서 다른 지역으로 빨리 갈 수 있는 방법은 어떤 것들이 있을까요? 보기 와 같이 자유롭게 생각하여 써 보세요.

보기 산을 통과하여 다른 지역으로 넘어갈 수 있는 케이블카를 설치한다.

 마을 사람들의 반대로 공사는 한동안 진행되지 않았어요. 그러자 며칠 뒤 이장님이 마을 사람들을 마을 회관으로 불러 모았어요.

 "여러분, 산을 무리하게 깎아 길을 내지 않고, 좀 돌아가더라도 산자락을 따라 길을 내기로 했습니다. 그리고 도청에서 책임지고 환경친화적인 공사를 하겠다고 약속했어요. 그러니 도청을 믿고 이제 그만 공사를 허락합시다."

 "산을 많이 깎지 않고 환경친화적인 공사를 한다면야 반대할 이유가 없지."

 내심 공사가 중단될까 봐 마음 졸이고 있던 마을 사람들의 입가에 다시금 환한 웃음이 피어났어요.

 그런데 그 기쁨도 잠시, 또다시 문제가 생겼어요. 마을의 터줏대감인 장씨 할아버지가 반대를 하고 나선 거예요.

 "뭐? 우리 조상들의 산소 위로 길을 낸다고? 안 된다! 절대로 안 돼!"

 "어르신, 제발요. 그 도로가 우리 마을에 얼마나 중요한지 아시잖아요."

 마을 사람들은 날마다 찾아가서 설득했어요. 지성이면 감천이라고, 결국 장씨 할아버지는 허락을 해 주었어요.

※ **터줏대감**: 집단 구성원 가운데 가장 오래된 사람.
※ **지성이면 감천**: 정성을 다하면 어려운 일도 술술 풀린다는 말. '감천'은 하늘이 감동한다는 뜻임.

1. 마을 사람들이 진심으로 바라는 것은 무엇이었나요? (   )

① 도청에서 공사를 책임지는 것

② 이장님이 공사를 중단시키는 것

③ 공사하는 사람들이 일을 잘하는 것

④ 환경을 훼손하지 않고 공사를 하는 것

 2. 도청에서 제시한 환경친화적인 공사와 관련된 설명으로 바르지 <u>않은</u> 것은 어느 것인 가요? (   )

① 공사를 할 때만 환경 오염이 일어나지 않게 노력하고, 이후에는 관리하지 않는다.

② 공사 중에 나오는 오염 물질이 주변에 피해를 입히지 않도록 하는 시설을 설치한다.

③ 산에 사는 동물들이 도로를 안전하게 통과하도록 도로 주변에 동물들의 길을 만든다.

④ 공사가 주변 환경에 어떤 영향을 미치는지 생각하여 최대한 환경을 오염시키지 않도록 노력한다.

 3. '지성이면 감천'이라는 말을 넣어 짧은 글을 지어 보세요.

보기 아이가 없던 이모가 오래 노력하여 아이를 낳자, 할머니가 "지성이면 감천이라더니, 10년 동안 노력한 보람이 있구나."라며 기뻐하셨다.

오랜 공사 끝에, 드디어 넓은 도로가 완성되었어요. 처음 계획했던 것에 비하면 조금은 좁고 돌아가게 난 길이었지요. 하지만 마을 사람들은 불평하지 않았어요. 아름다운 자연환경을 보존하려면 그 정도 불편은 감수할 수 있으니까요.

이제 마을 사람들은 이전보다 손쉽게 큰 도시로 나가 장사를 해요. 마을은 이전보다 훨씬 활기차졌지요.

옛날 이야기를 하던 제복이 할아버지가 도로를 바라보며 눈시울을 붉히셨어요.

"출세했네 출세했어. 차 구경도 쉽지 않던 우리 마을 사람들이 이렇게 차를 몰고 물건을 팔러 큰 도시까지 다니니 말이야. 허허!"

"할아버지 이것 봐요! 슈웅."

바람개비를 돌리며 달려오는 제복이 뒤로 파란 하늘을 향해 시원하게 뻗은 도로가 활짝 웃는 것 같아요.

※ **감수**: 책망이나 괴로움, 불편함 등을 달갑게 받아들임.
※ **눈시울**: 눈가의 속눈썹이 난 곳.

1. 귀산 마을에 도로가 놓여 좋아진 점으로 보기 어려운 것은 무엇인가요? (　　　)

① 다른 지역의 물건을 빠르게 실어 나를 수 있다.

② 다른 지역으로 가는 데 걸리는 시간이 줄어들었다.

③ 마을 사람들이 도시로 많이 나가서 마을이 텅 비게 되었다.

④ 귀산 마을에서 많이 잡히는 생선을 다른 지역에 내다 팔기 쉬워졌다.

2. 거리가 먼 지역을 교통수단으로 연결해 주는 길이 아닌 것은 어느 것인가요?

(　　　)

2주 2일
학습 끝!

붙임 딱지 붙여요.

①	②	③	④

열차가 다니는 철로	집 주변에 있는 산책로	바다 위로 배가 다니는 해로	비행기가 다니는 항공로

3. 지역 간의 교류가 잘 이루어지지 않으면 어떤 상황이 벌어질지 보기 처럼 자유롭게 생각하여 써 보세요.

> 보기 지역 간의 교류가 잘 이루어지지 않으면, 다른 지역에서 사용하는 언어인 사투리를 이해하지 못해 사소한 오해가 생기거나 함께 일하기 힘들어진다.

지역 간의 교류가 잘 이루어지지 않으면,

기영이네 마을 이야기

우리 마을엔 공단 옆에 커다란 시장이 있어요. 우리 집은 시장 어귀에 있지요. 시장에서 사진관을 하는 박씨 아저씨는 오늘도 사진기를 들고 어디론가 바삐 걸어가세요. 박씨 아저씨는 우리 마을에서 태어나 50년 넘게 우리 마을을 떠나 본 적이 없는 터줏대감이래요.

"아저씨, 어디 가세요?"

"어, 기영이구나. 아저씨 가는 데가 빤하잖니. 허허."

하긴, 아저씨는 아마 오늘도 자치 위원회에 가실 거예요. 얼마 전 박씨 아저씨가 주민 자치 위원회 위원장이 되셨다는 얘기를 들었거든요.

"엄마, 아저씨는 왜 매일 마을을 돌아다니며 사진을 찍으세요?"

"글쎄, 엄마가 시집오기 전부터 마을 곳곳을 찍어 오셨다더라. 그리고 마을을 멋지게 만들기 위해 늘 바쁘시지."

엄마와 나는 아저씨의 낡은 사진관을 바라보며 말했어요.

※ **공단**: 많은 공장이 모여 있는 공업 단지를 줄여서 이르는 말.
※ **빤하다**: 어떤 일의 결과나 상태가 환하게 들여다보이듯이 분명하다.

사회탐구 1. 다음 ( )에 들어갈 말을 이 글에서 찾아 쓰세요.

( )는 읍·면·동 자치 센터에서 주민 대표를 구성하여 주민과 마을을 위한 여러 가지 활동에 힘쓰고, 자치 센터에서 하는 일을 심사하기 위해 모이는 모임입니다. 박씨 아저씨는 이 모임의 대표를 맡으셨습니다.

( )

 언어 2. 이 글의 내용 중에서 기영이가 들은 것을 모두 골라 ◯표를 하세요.

(1) 엄마가 박씨 아저씨를 보고 반가워하셨다. ( )
(2) 박씨 아저씨가 오늘도 사진기를 들고 어디론가 바삐 가셨다. ( )
(3) 박씨 아저씨가 우리 마을 주민 자치 위원회의 위원장이 되셨다. ( )
(4) 박씨 아저씨는 오래전부터 우리 마을을 찍어 오셨다. ( )

 논술 3. 이 글의 내용을 바탕으로 박씨 아저씨를 소개하는 글을 써 보세요.

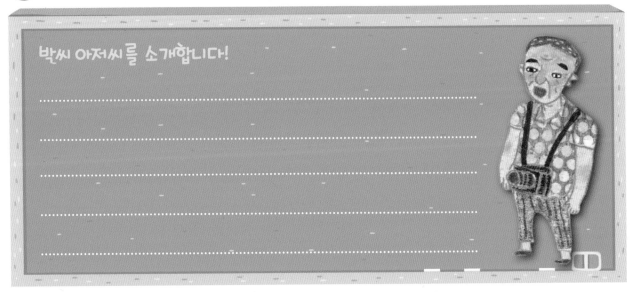

박씨 아저씨를 소개합니다!

　나는 아빠와 박씨 아저씨의 사진관에 가 본 적이 있어요. 박씨 아저씨가 동네 사람들을 사진관으로 초대했거든요. 사진관 벽에는 아주 많은 사진들이 걸려 있었어요. 아저씨가 암실*에서 나오실 때 내가 물었어요.

　"아저씨, 이거 우리 학교 사진 맞죠?"

　"그래, 아저씨도 이 학교에 다녔지. 아저씨가 다닐 때는 황서 고개랑 박석고개를 넘어 다녔단다. 학교 가는 길에 개천이 세 개나 있어서 비가 많이 오면 선생님들이 일찍 집으로 보내 주셨어."

　아빠도 사진을 보며 옛날 생각에 잠긴 듯했어요.

　"기영아, 여기가 아저씨가 살던 곳이야. 어딘 줄 아니?"

　내가 고개를 젓자, 아저씨가 말씀하셨어요.

　"공단 오거리란다. 공단이 들어서면서 동네 모습이 많이 달라졌지."

　아저씨가 들려주시는 마을 이야기도 재미있고, 사진 속에 있는 마을 모습도 흥미로웠어요.

＊ **암실**: 밖에서 빛이 들어오지 못하도록 꾸며 놓은 방. 주로 과학 실험이나 사진 현상 등을 위해 사용한다.

언어 1. 왜 박씨 아저씨가 살던 곳의 모습이 알아볼 수 없을 만큼 변했을까요? (   )

① 불이 나서 모두 타 버려서　　　　　② 홍수가 나서 물에 잠겨 버려서

③ 아저씨가 다른 곳으로 이사를 가서　　④ 그곳에 공단이 새로 들어서게 되어서

사회 탐구 2. 공단이 들어서면서 마을이 어떻게 바뀌었을까요? 다음 그림을 보면서 맞으면 ◯표를, 틀리면 ✕표를 하세요.

공단이 들어서기 전 모습

공단이 들어선 뒤의 모습

⑴ 공단 주변이 더 조용해졌다. (   )

⑵ 공단으로 오는 버스가 많이 생겼다. (   )

⑶ 공단 사람들에게 필요한 물건을 파는 곳이 많이 생겼다. (   )

⑷ 공단에서 나오는 매연으로 공단 주변의 공기가 나빠졌다. (   )

논술 3. 보기 를 참고하여 비 오는 날과 관련해 여러분이 가지고 있는 추억을 그림으로 그리고 짧은 글도 지어 보세요.

> **보기** 비 오는 날이면 선생님은 항상 우리를 일찍 집에 보내 주셨지. 여러 고개와 개천을 넘어가려면 아이들이 힘들 것 같았던 거야.

　재래시장에서 가게를 오래 하신 마을 어른들은 박씨 아저씨 사진을 보며 옛이야기를 하느라 시간 가는 줄 모르셨어요.

　"여기도 참 많이 변했지. 옛날에는 귀산골, 산동골만 있었는데, 그게 합쳐져서 귀동리가 되었다가 지금처럼 귀동동이 된 거잖아."

　정미소 여씨 아저씨가 이야기하자, 순댓국 가게 호준이 큰아버지도 한 말씀을 하셨어요.

　"공단이 들어서면서부터 마을 분위기가 달라졌지. 사람 수가 늘어나니 집들도 많아지고 길도 넓어지고, 정말 사람 사는 것 같았어."

　정육점 이씨 아저씨도 말씀하셨어요.

　"시장에 사람들이 넘쳐나 매일매일 시끌벅적했지. 그때만 해도 장사할 맛이 났는데……."

　늘 조용하던 김씨 아저씨도 사진을 보며 두런두런 많은 이야기를 하셨어요.

※ **재래시장**: 옛날 방식으로 상점들이 모여 물건을 파는 곳. 　※ **정미소**: 쌀 찧는 일을 하는 곳.

1. 박씨 아저씨의 사진관에 모인 마을 어른들은 무엇 때문에 시간 가는 줄 몰랐나요?

(   )

① 박씨 아저씨가 사진을 찍어 주어서

② 시장을 돌며 마을 사람들과 이야기를 나눠서

③ 박씨 아저씨의 사진기로 마을을 찍을 수 있게 되어서

④ 사진을 보면서 마을이 활기찼던 때의 이야기를 주고받아서

 2. 다음의 '순댓국'과 같이 사이시옷이 들어간 낱말이 <u>아닌</u> 것은 어느 것인가요?

(   )

순대 ＋ ㅅ ＋ 국

① 촛불

② 나뭇잎

③ 옷가게

④ 혼잣말

2주 3일
학습 끝!

붙임 딱지 붙여요.

 3. 재래시장에는 정미소, 순댓국 가게, 정육점 등 여러 가게가 있습니다. 여러분은 재래시장에서 어떤 물건을 파는 가게를 열고 싶은지 그 이유와 함께 보기 처럼 써 보세요.

보기   만일 내가 재래시장에서 가게를 연다면, 빈대떡 가게를 열고 싶다. 왜냐하면 빈대떡은 맛도 좋고 지글지글 부치는 소리와 냄새가 좋아서 많은 사람들이 이 가게를 찾아올 것이기 때문이다.

만일 내가 재래시장에서 가게를 연다면, _____

_____

_____

_____

하지만 아버지와 마을 어른들, 그리고 주민 자치 위원회 위원장인 박씨 아저씨까지도 옛날 이야기를 할 때면 뭔가 쓸쓸한 기운이 느껴졌어요. 지금 우리 마을의 모습이 많이 안타까우신 것 같았지요.

"대형 마트가 들어서면서 재래시장이 너무 활기를 잃었어."

그리고 보면 요즘 나도 엄마와 재래시장에 가는 것을 좋아하지 않아요. 대형 마트가 훨씬 편하고 볼거리가 많거든요.

"마을 사람들까지도 재래시장에서 물건을 안 사니 별수 있나? 다들 대형 마트에서 물건을 가득가득 채워 오잖아."

그때 박씨 아저씨가 눈을 반짝이며 말했어요.

"시장을 살리려면 무엇보다 시장이 재미있어야 해. 다른 시장하고 다른 게 있어야 한다고. 우리 시장에 공연장을 만들면 어떨까? 뭔가 볼거리가 있으면 사람들이 시장으로 나오지 않을까?"

박씨 아저씨의 말에 마을 어른들이 고개를 끄덕였어요.

1. 마을의 변한 모습 가운데 마을 어른들이 가장 안타까워하는 것은 무엇인가요?

( )

① 관광객이 줄어든 것
② 큰 학교가 들어온 것
③ 재래시장이 활기를 잃은 것
④ 마을 사람들이 다른 마을로 이사를 가는 것

 2. 재래시장이나 대형 마트가 있는 곳의 특징이 <u>아닌</u> 것은 어느 것인가요? ( )

①
교통이
편리한 곳

②
사람들이
많이 사는 곳

③
공기가 맑고
조용한 곳

④
물건을 운반하기
편리한 곳

3. 귀동동의 재래시장으로 사람들을 많이 오게 하려면 어떻게 해야 할까요? 여러분이라면 어떤 방법을 쓸지 보기 를 참고하여 써 보세요.

보기 다양한 공연을 해서 사람들을 모이게 한다.

"우리 시장이 다시 살아나려면 사람들의 흥미를 끌 뭔가가 있어야 해요."

박씨 아저씨는 눈에 힘을 주며 말씀하셨어요.

"우리 마을은 지하철은 없지만 버스가 많이 다녀서 교통도 그리 나쁜 편이 아니잖아요. 그러니까 뭔가 특별한 행사를 준비하면 사람들이 몰려들 거예요."

박씨 아저씨의 말에 사람들 모두 고개를 끄덕였어요.

"그런데 행사를 하려면 돈이 많이 들잖아요? 그 돈을 어떻게 마련하지요?"

여씨 아저씨의 말에 사람들은 다시 조용해졌어요. 그사이 나는 박씨 아저씨의 사진기를 이리저리 만지작거렸지요.

"아, 저거야! 사진기!"

"이 사람, 뜬금없이 무슨 말이야? 사진기라니."

진우네 할아버지는 박씨 아저씨가 괜한 호들갑을 떤다며 꾸지람을 하셨어요.

＊ **호들갑**: 말이나 행동이 조심성 없거나 야단스러움.

언어 1. 박씨 아저씨는 재래시장을 살리기 위해 무엇이 필요하다고 생각했나요? (   )

① 시장을 새로 지어야 한다.

② 물건을 좀 더 싸게 팔아야 한다.

③ 시장에 닿는 셔틀버스를 운행해야 한다.

④ 사람들의 흥미를 끌 행사나 특징이 필요하다.

사회 탐구 2. 우리 주변에는 버스 운전기사, 사진사, 상인 등 다양한 직업을 가진 사람들이 있습니다. 미래의 직업 변화에 대해 타당성이 <u>없게</u> 말한 친구는 누구인가요? (   )

① 세계와 교류할 일이 많아져서 동시 통역사가 늘어날 거야.

② 우주 산업이 발달하여 우주와 관련된 일을 하는 사람이 많아질 거야.

③ 환경 오염이 심각해져서 환경 오염을 줄일 수 있는 직업이 늘어날 거야.

④ 도시 범죄가 늘어나서 도둑을 잡는 탐정이나 무술을 하는 사람이 늘어날 거야.

논술 3. 박씨 아저씨는 사진기를 이용하여 시장에서 할 수 있는 좋은 행사가 떠올랐습니다. 사진기로 시장에서 어떤 행사를 할 수 있을지 상상하여 써 보세요.

박씨 아저씨는 내게서 사진기를 받아 들더니 빙그레 웃으셨어요.

"이 사진기에는 우리 마을의 역사가 고스란히 담겨 있어요. 자그마한 변두리* 마을에 공단이 들어서고, 사람들로 북적거리며 빌딩이 늘어선 우리 마을의 역사가요."

박씨 아저씨는 암실로 들어가서 커다란 상자들을 들고나오셨어요.

"이제 이 사진들이 우리 마을의 살아 있는 역사가 될 거예요. 이 사진들을 시장 입구부터 줄지어 걸어 놓으면, 이걸 보려고 많은 사람들이 모일 테니까요."

그제야 사람들은 박씨 아저씨의 멋진 계획을 알아차렸지요. 여씨 아저씨가 감탄을 했어요.

"거참 좋은 생각이구먼. 우리 마을이 변해 온 모습을 보면 우리나라가 어떻게 발전해 왔는지도 느낄 수 있을 거야. 나이 든 사람들에게는 추억을 선사하고 아이들과 젊은이들에게는 교육적으로 좋은 볼거리가 될 거야."

마을 어른들은 모처럼 환하게 웃으셨어요. 그 모습은 낡은 사진 속 개구쟁이 초등학생들의 표정과 같았답니다.

※ **변두리**: 어떤 지역의 가장자리인 곳.

1. 여씨 아저씨의 다음 말을 실감 나게 읽으려면 어떤 말투로 읽어야 할까요?

(   )

"거참 좋은 생각이구면. 우리 마을이 변해 온 모습을 보면 우리나라가 어떻게 발전해 왔는지도 느낄 수 있을 거야. 나이 든 사람들에게는 추억을 선사하고 아이들과 젊은이 들에게는 교육적으로 좋은 볼거리가 될 거야."

① 따지듯이 빠른 말투로   ② 긴장하여 떨리는 말투로

③ 궁금하여 물어보는 말투로   ④ 감탄하여 칭찬하는 말투로

2. 박씨 아저씨의 멋진 계획이 이루어진다면 귀동동 재래시장의 모습은 어떻게 변할까 요? (   )

2주 4일 학습 끝!

붙임 딱지 붙여요.

①

②

③

④

3. 만일 귀동동 재래시장의 행사가 신문에 보도된다면 어떤 내용으로 실릴까요? 박씨 아저씨와 여씨 아저씨의 이야기를 참고하여 여러분이 직접 기사를 써 보세요.

마을 신문	20○○년 ○○월 ○○일 ○요일

1 '제복이네 마을 이야기'에서 마을 사람들이 도로를 놓는 과정에서 어떤 어려움이 있었는지 빈칸에 쓰세요.

도로를 내기 위해 ☐을 많이 깎아야 한다고 하자, 마을 사람들은 ☐☐을 훼손하는 개발은 안 된다며 반대한다. 다행히 얼마 뒤 도청에서 ☐☐☐ ☐☐인 공사를 약속하여 공사가 다시 시작된다. 하지만 ☐☐이 묻힌 땅 주변을 못 내준다는 장씨 할아버지의 반대로 공사는 다시 어려워진다. 그 후 마을 사람들이 힘을 합해 장씨 할아버지를 설득하여 마침내 마을에 넓은 도로가 뚫린다.

2 '기영이네 마을 이야기'에서 기영이네 마을의 옛날 모습이 오늘날 어떻게 바뀌었는지 정리해 보세요.

기영이네 마을의 옛날 모습	기영이네 마을의 오늘날 모습
소와 나무 등 자연물이 많다.	(1)
농사를 짓는 사람들이 많다.	(2)
공기가 매우 맑다.	(3)

3 제복이네 마을과 기영이네 마을의 특징을 정리해 보세요.

	제복이네 마을	기영이네 마을
주민들이 사는 곳은 어디인가요?	(1)	도시(공단 주변)
주민들은 주로 무엇을 하며 살아가나요?	고기를 잡거나 바닷가에서 조개나 굴을 캔다.	(2)

4 만약에 여러분이 사진기로 우리 마을을 찍는다면 어디를 찍고 싶은지 쓰고, 그렇게 생각하는 이유는 무엇인지 함께 써 보세요.

(1) 사진기로 찍고 싶은 우리 마을의 모습: ....

(2) 그 이유: ....

5 여러분이 사는 마을에 필요한 시설은 없나요? 보기 처럼 우리 마을에 필요한 시설을 쓰고, 그 이유도 써 보세요.

보기 필요한 시설: 지하철역
필요한 이유: 지하철역까지 마을버스를 타고 가야 해서 불편하다.

(1) 필요한 시설: ....

(2) 필요한 이유: ....

지역 사람들이 직접 이끄는 지방 자치 단체

우리나라에는 마을을 사랑하는 지역 사람들이 직접 그 마을을 꾸려 나가는 '지방 자치 단체'라는 것이 있어요. 지방 자치 단체는 어떤 것인지 알아볼까요?

지방 자치 제도가 뭔가요?

우리가 사는 마을은 주민들이 살아가는 모습에 따라 농촌, 산촌, 어촌, 도시 등으로 다양하게 나눠요. 이와 같이 생활 모습이 다르기 때문에 각 지역의 주민들은 나라와 지역 사회에 바라는 것이 많이 다르지요. 그래서 세계의 많은 나라들은 지역의 사정을 제대로 아는 지역의 주민들이 그 지역에 알맞은 정책을 펼칠 수 있도록 하는 '지방 자치 제도'를 실시하고 있답니다.

지방 자치 단체는 어떻게 이루어져 있나요?

지방 자치 단체의 종류는 아래와 같아요. 지역 주민들이 뽑는 지역의 대표는 지방 자치 단체장과 지방 의회 의원이에요. 지방 자치 단체장은 특별시장·광역시장·도지사, 시장·군수·구청장이 있고, 지방 의회 의원은 시·도 의원과 시·군·구 의원이 있어요.

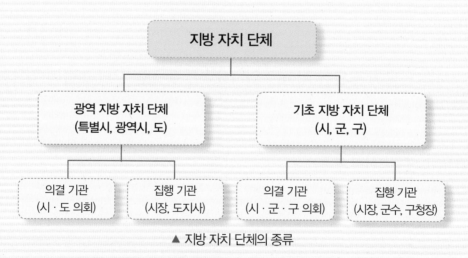

▲ 지방 자치 단체의 종류

어떤 사람이 지방 자치 단체에서 일하나요?

지방 자치 제도는 지역의 중요한 일을 주민들이 결정하고 펼쳐 나가야 하기 때문에 주민들의 관심과 참여가 중요해요. 그러나 현실적으로 주민 모두가 참여하기는 힘들지요. 그래서 주민들은 선거를 통해 지역 대표를 직접 뽑아서 지역의 일을 맡깁니다.

지역 대표는 성실하고 책임감 있는 사람, 개인의 이익보다 지역의 이익을 먼저 생각하는 사람이어야 해요. 지역 대표로 뽑힌 지방 자치 단체장과 의원의 임기는 모두 4년이에요.

▲ 지방 자치 단체장과 지방 의회 의원은 선거를 통해 선출된다.

지방 자치 단체에서는 어떤 일을 하나요?

지방 자치 단체장은 지역 주민들이 원하는 여러 가지 시설을 설치하거나 지역 활성화를 위해 여러 가지 공공사업을 해요. 이를 통해 주민들의 생활을 살기 좋게 만든답니다. 반면 지방 의회에서는 자치 단체가 벌이는 사업들을 꼼꼼하게 검토해요. 사업 계획은 물론, 필요한 비용인 예산을 확정하고 지역의 일을 처리하는 데 필요한 규칙도 만들지요.

지방 자치 단체가 하는 일
- 주민들이 편안하고 안전하게 쉴 수 있는 공원, 산책로, 등산로, 약수터 등을 설치한다.
- 어린이집을 운영하거나 소년·소녀 가장이나 독거노인 등을 지원한다.
- 체육 시설을 늘려 주민의 건강과 취미 생활을 돕는다.
- 낡은 주택을 헐고 새 집을 짓기도 하고 위험한 시설물을 제때 처리하기도 한다.
- 깨끗한 환경을 위해 쓰레기를 처리하거나 공중화장실을 설치·관리한다.
- 주민들이 안전하고 편하게 다닐 수 있도록 육교, 지하 차도, 고가 도로 등을 건설한다.

중앙 정부
↓ 자치권 부여
지방 자치 단체
↑ 참여 / 통제
주민

✏️ 지역에서 일어나는 여러 가지 문제를 의논하는 과정에서 주민들이 지켜야 하는 태도로 알맞은 것에 ◯표를 하세요.

(1) 대화를 나누고 적절하게 타협을 한다.   (   )
(2) 자신의 주장이 받아들여질 때까지 고집을 부린다.   (   )
(3) 상대방의 의견을 존중하고 좋은 해결 방법을 함께 찾아간다.   (   )

내가 할래요

지방 자치 단체장에게 제안하는 글을 써 봐요

우리 지역이 발전하려면 지방 자치 단체가 지역의 문제를 잘 알고 해결해야 합니다. 그리고 지역 주민들이 마을의 문제와 해결 방법을 적극적으로 건의하고 제안하는 것도 중요하지요. 우리 마을의 문제점이 무엇이고, 무엇이 필요한지 생각해서 우리 지역 자치 단체장에게 제안하는 글을 보기 처럼 써 보세요.

보기

우리 지역 구청장님께

　구청장님, 안녕하세요? 저는 상상 초등학교에 다니는 이보람입니다.

　저는 학교에서 집까지 버스를 타고 다녀야 하는데, 버스가 자주 오지 않아서 요새는 주로 자전거를 타고 다닙니다.

　그런데 얼마 전 학교에서 안전하지 않다는 이유로 자전거로 등·하교 하는 것을 못 하게 했어요. 가뜩이나 시간도 쫓기는데, 버스 기다리느라 많은 시간을 쓰게 되니 너무 힘이 듭니다.

　구청장님, 혹시 등·하교 시간에는 버스가 더 자주 다니게 해 주시면 안 될까요? 아니면 자전거 도로를 학교 앞까지 만들어 안전하게 해 주시는 것도 좋아요.

　부디 제 의견, 귀담아들어 주세요.

상상 초등학교 이보람 올림

2주
학습 끝!

확인할 내용	잘함	보통임	부족함
1. 이번 주 학습을 5일(월요일~금요일) 안에 끝마쳤나요?			
2. 다양한 마을의 생활 모습을 잘 살펴보았나요?			
3. 지방 자치 단체에 대해 잘 이해했나요?			
4. 우리 마을의 과거와 현재 모습을 설명할 수 있나요?			

우리 지역 자치 단체장님께

올림

2주 5일
학습 끝!

붙임 딱지 붙여요.

전하는 말

3주

아름다운 우리 고장

생각**톡톡** 이 사진은 제주도 서귀포시에 있는 주상 절리입니다. 수없이 많은 긴 기둥들은 과연 어떻게 만들어졌을지 자유롭게 써 보세요.

관련교과 **[사회 4-1]** 우리 지역을 대표하는 문화유산 조사하기 / 우리 지역에 대해 알고 자부심 갖기
[과학 3-2] 흐르는 물은 지표를 어떻게 변화시키는지 알기 / 바닷가 주변의 모습 알기

단양 고수 동굴을 다녀와서

"야호! 동굴이다!"

우리 가족은 이번 여름 방학 첫 여행으로 단양 고수 동굴을 가기로 했다. 그토록 보고 싶던 동굴을 직접 구경하다니, 꿈만 같았다. 차를 타고 세 시간가량 달려 목적지인 충청북도 단양군에 있는 고수 동굴에 도착했다.

"헉헉, 어휴 더워."

수많은 돌계단을 올라 동굴 입구에 도착했을 때 이미 내 몸은 땀범벅[※]이 되었다.

"원희야, 가방에서 점퍼 꺼내 입어라. 동굴 안은 많이 서늘해."

그러고 보니 동굴 안으로 들어가는 사람들은 모두 긴팔 옷을 챙겨 입었다.

"동굴 안은 일 년 내내 기온이 섭씨 14~15도란다. 그래서 여름에는 더위를 잊게 해 주는 좋은 피서지[※]가 되지."

우리 가족은 컴컴하고 축축한 바닥을 조심조심 걸어 동굴 안으로 들어갔다.

▲ 단양 고수 동굴 안

※ **땀범벅**: 땀이 몸과 옷에 잔뜩 뒤섞인 상태.
※ **피서지**: 더위를 피하기에 알맞은 곳.

언어 **1. 원희가 동굴 여행이 꿈만 같았다고 한 이유는 무엇인가요? (　　　　　)**

① 동굴을 여행하는 게 너무 무서웠기 때문에

② 졸린 데 억지로 동굴을 구경해야 했기 때문에

③ 구경하기 싫은데 부모님이 억지로 구경시켰기 때문에

④ 평소 동굴에 대한 관심이 많아 꼭 한 번 보고 싶었기 때문에

사회 탐구 **2. 다음 지도에서 고수 동굴이 있는 단양은 어느 도에 있는지 찾아서 기호를 쓰세요. (　　　　　)**

논술 **3. 이 글을 통해 알 수 있는 고수 동굴의 특징은 무엇인지 써 보세요.**

'똑 똑 똑.'

동굴 안은 사방에서 떨어지는 물방울 소리 때문에 마치 지하 궁전에 들어온 듯 신비했다. 좁은 철 계단을 따라가다가 고개를 들어 보니 수많은 돌들이 천장에 매달려 있었다.

"와! 굉장해요. 거대한 괴물의 이빨들이 매달려 있는 것 같아요."

"원희야, 천장에 매달린 저걸 뭐라고 하는지 아니?"

"그럼요, 인터넷에서 미리 찾아봤는걸요. 고드름처럼 매달린 저건 종유석, 그리고 저기 고깔 모양으로 솟아오른 것은 석순, 천장에서 바닥까지 이어진 돌기둥은 석주라고 하죠?"

"와, 우리 원희가 공부를 많이 하고 왔구나!"

엄마 아빠는 내 머리를 쓰다듬어 주셨다.

"어머, 저것 봐. 원희야, 저게 유명한 사자 바위란다."

우리 가족은 '사자 바위'를 비롯하여, '선녀 탕'이라 불리는 물웅덩이 등 동굴의 신비로운 것들을 보느라 정신이 없었다.

▲ 사자 바위

1. 원희는 종유석을 무엇과 같다고 했는지 두 개를 고르세요. (   )

① 철 계단   ② 고깔   ③ 고드름   ④ 거대한 괴물의 이빨

 2. 다음에서 설명하는 것은 무엇인지 찾아 알맞게 줄로 이으세요.

(1)
> 천장에 고드름처럼 매달린 암석. 지하수에 녹아 있던 석회 성분이 굳어져서 만들어짐.

•   • ㉠

(2)
> 석회 동굴의 천장에서 바닥까지 맞닿은 돌기둥

•   • ㉡

(3)
> 석회질 물질이 동굴 바닥에 떨어져 쌓여 고깔 모양으로 솟아오름.

•   • ㉢

 3. 다음은 고수 동굴 안에 있는 종유석 가운데 하나입니다. 이 종유석에 멋진 이름을 붙이고 그렇게 지은 까닭도 써 보세요.

> **보기** (1) 이름: 커튼 종유석
> (2) 까닭: 커튼이 펼쳐진 것처럼 주름이 넓고 길게 잡혀 있어서

(1) 이름: ....

(2) 까닭: ....

....

"저 모든 것들이 오랜 세월 동안 물방울이 떨어지면서 만들어 낸 것이라니, 놀랍지 않니?"

"네, 아빠. 정말 믿기지 않아요!"

"참, 이곳에는 햇빛이 없어도 살 수 있는 특이한 동물들이 살고 있어. 박쥐, 고수귀뚜라미붙이, 장님굴새우 등이 있지."

"아, 박쥐! 박쥐 너무 보고 싶은데 어디 있지?"

하지만 아무리 찾아봐도 박쥐가 보이지 않았다. 게다가 '천당 성벽'이라는 곳을 지나니 벌써 동굴 밖에서 들어오는 가느다란 빛이 보였다. 박쥐도 못 보고 동굴 탐험을 마치다니, 괜히 속이 상했다.

동굴 밖으로 나오니 푹푹 찌는 더위가 기다리고 있었다.

"원희야, 오늘 어땠니?"

"박쥐를 못 봐서 아쉽지만 정말 신기했어요."

동굴 탐험을 마친 우리 가족은 엄마가 준비한 도시락을 맛있게 먹으며 동굴의 아름다움에 대해 이야기를 나눴다.

▲ 천당 성벽

※ **박쥐**: 쥐와 비슷하나 귀가 크고 앞다리가 날개처럼 변형되어 날아다니는 동물.

과학 탐구 1. 다음 동물들의 특징으로 알맞은 것을 두 가지 고르세요. ( )

▲ 고수귀뚜라미붙이

▲ 박쥐

① 주로 풀밭에서 산다.

② 동굴 밖에서는 보기 힘들다.

③ 햇빛을 거의 보지 않고 살고 있다.

④ 시력이 좋아 멀리 있는 사냥감을 잘 찾는다.

▲ 장님굴새우

 언어 2. 이 글에 나타난 글쓴이의 생각이나 느낌이 <u>아닌</u> 것은 무엇인가요? ( )

① 동굴 탐험이 흥미로웠다.

② 박쥐를 보지 못해 아쉬웠다.

③ 동굴 안에는 박쥐, 고수귀뚜라미붙이, 장님굴새우가 산다.

④ 물방울이 떨어지면서 만들어 낸 동굴 안의 모습이 신기했다.

3주 1일
학습 끝!

붙임 딱지 붙여요.

논술 3. 고수 동굴 안은 오랜 세월 동안 물방울이 떨어지면서 만들어진 것으로 가득했습니다. 이 사실에 어울리는 말이나 속담을 보기 와 같이 써 보세요.

보기 (1) 고수 동굴에 어울리는 속담: 천 리 길도 한 걸음부터

(2) 그렇게 생각한 까닭: 거대해 보이는 것들이지만 작은 것들이 쌓이고 쌓여 만들어졌기 때문이다.

(1) 고수 동굴에 어울리는 속담:

(2) 그렇게 생각한 까닭:

떨어지는 물방울에 의해서 ▶
매끄럽게 변한 돌(동굴 진주)

우포늪을 찾아서

아침 8시 학교 앞. 나는 선생님, 친구들과 함께 버스를 타고 경상남도 창녕군에 있는 우포늪으로 향했다.

"먼 옛날, 우포늪에는 천 살 먹은 잉어가 살았대요. 어느 날 한 어부가 그 잉어를 잡았는데, 잉어가 자기를 살려 주면 우포늪을 지켜 주겠다고 약속을 했다지 뭐예요. 이를 기특하게 여긴 어부는 잉어를 정말로 풀어 주었고, 그 후로 그 잉어는 우포늪을 지키는 수호신이 되었답니다."

잉어가 수호신이라니, 재미있었다.

얼마 뒤, 버스는 우포늪에 도착했다.

"우리는 우포늪 생태관을 살펴본 다음, 우포 둑을 둘러볼 거예요. 자, 내려서 깨끗하고 시원한 공기를 마셔 보세요!"

우리가 도착한 우포늪 생태관은 2층짜리 건물로, 우포늪과 습지의 중요성을 알리려고 지어진 것이라고 했다. 건물 벽을 장식한 거대한 잠자리와 물자라 조형물이 인상적이었다.

※ **수호신**: 국가, 민족, 개인 등을 지키고 보호해 주는 신.
※ **습지**: 습기가 많은 축축한 땅.

 언어 **1. 글쓴이 일행의 일정으로 알맞은 것은 무엇인가요? (   )**

① 학교 앞 → 우포늪 생태관 → 우포 둑

② 학교 앞 → 우포늪 생태관 → 창녕의 한 마을

③ 학교 앞 → 우포늪 생태관 → 우포늪 식물원

④ 우포늪 식물원 → 우포늪 생태관 → 학교 앞

▲ 우포늪 생태관

 과학 탐구 **2. 다음은 무엇에 대한 설명인지 이 글에서 찾아 써 보세요.**

▲ 우포늪에 사는 가시연꽃

- 이것은 물을 담고 있는 땅으로 늪과 갯벌도 여기에 속한다.
- 이것은 물을 깨끗하게 하고 홍수를 방지하는 역할을 한다.
- 이곳에는 다양한 식물과 동물이 살며 아름답고 특이한 자연 경관을 만들어 낸다.

(   )

 논술 **3. 다음은 우포늪의 봄의 모습입니다. 사진을 보고 이 모습을 그림을 그리듯이 자세하게 표현해 보세요.**

선생님은 생태관을 둘러볼 때 주의할 점들을 미리 알려 주신 뒤 각자 흩어져 살펴보게 하셨다.

"다른 사람들에게 방해가 되지 않게 조용히 둘러보세요."

생태관 곳곳은 고니, 기러기, 연꽃 등 여러 동식물의 거대한 조형물과 벽화로 꾸며져 있었다. 기러기, 고니, 물닭, 홍머리오리, 왜가리, 까마귀 등 우포늪에 사는 다양한 철새와 텃새를 보니 마치 우포늪에 와 있는 듯했다.

또한 책을 통해 알고 있던 물옥잠, 개구리밥 외에 가시연꽃, 갈대, 억새, 물수세미, 검정말, 마름 등 다양한 식물도 관찰할 수 있었다. 생태관 밖의 식물원에 가면 실제로 이 식물들을 볼 수 있다고 했다. 그 외에 너구리, 토끼, 두더지, 삵과 같은 포유류의 조형물도 전시되어 있어 더욱 실감이 났다.

"베스? 이건 다른 나라 물고기잖아요?"

"맞아요. 베스는 다른 나라 물고기인데 우포늪의 토종 물고기를 잡아먹어 문제가 되고 있어요. 이 전시물은 그 사실을 알려 주려고 전시돼 있는 거예요."

생태관을 둘러본 뒤 우리는 선생님을 따라 우포 둑으로 향했다.

＊ **철새**: 철을 따라 이리저리 옮겨 다니며 사는 새.
＊ **텃새**: 자리를 옮기지 않고 거의 한곳에서 사는 새.
＊ **포유류**: 새끼를 낳아 젖을 먹여 기르는 동물.
＊ **토종**: 본디 그곳에서 나는 종자.

1. 우포늪 생태관의 특징으로 알맞지 <u>않은</u> 것은 무엇인가요? (   )

① 건물 밖에는 식물원이 있다.

② 베스와 같은 다른 나라 물고기를 다양하게 기르고 있다.

③ 우포늪에 사는 다양한 텃새와 철새가 실감 나게 전시되어 있다.

④ 생태관 곳곳이 여러 동식물의 거대한 조형물들로 장식되어 있다.

 2. 다음 동식물을 아래와 같이 분류해 보세요.

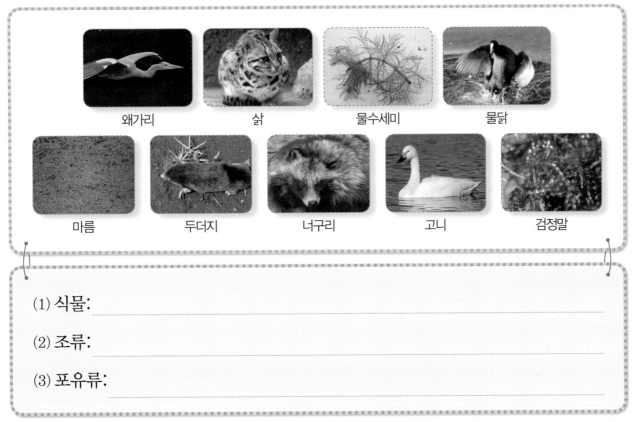

왜가리	삵	물수세미	물닭
마름	두더지	너구리	고니	검정말

(1) 식물:

(2) 조류:

(3) 포유류:

3. 베스와 같은 다른 나라 물고기가 우리나라에 들어와서 토종 물고기를 마구 잡아먹고 있습니다. 이런 일이 계속되면 어떤 문제가 발생할지 써 보세요.

▲ 베스

우포 둑으로 가는 길에는 풀과 나무가 무성히 자라 있었다.

"여러분, 저게 바로 물억새라는 거예요. 물억새가 바람에 날리는 모습이 멋지죠? 물억새는 물을 깨끗하게 해 주기도 하지만, 뿌리가 흙에 튼튼하게 붙어 있어서 둑이 무너지지 않게 붙잡아 준답니다."

한낱 풀이 둑을 지킨다는 사실이 놀라웠다.

"어머, 저기 좀 봐요. 홍머리오리 떼들이에요. 이야, 진짜 조류의 천국이라고 할 만하네요."

선생님이 가리키는 곳에는 홍머리오리 떼들이 한가롭게 놀고 있었다.

"우포늪은 1억 4,000만 년 전에 생겨났어요. 그리고 국제 습지 보호 구역으로 지정될 만큼 습지로서 가치가 매우 높은 곳이지요."

긴 둑을 걷느라 다리가 아프긴 했지만 수많은 새들이 아름답게 모여 있는 모습은 평생 잊지 못할 만큼 인상적이었다.

과학 탐구 1. 다음에서 설명하고 있는 생물은 무엇인지 이 글에서 찾아 쓰세요.

> • 여러해살이풀로 줄기의 높이는 1~2.5미터이며, 잎의 길이는 50센티미터 정도이다.
> • 강가나 연못가의 습지에 살고, 9~10월에 꽃이 핀다.
> • 습지의 물을 깨끗하게 해 주고, 뿌리가 튼튼하여 둑이 무너지지 않게 붙잡아 준다.

(   )

 연어 2. 선생님이 우포늪을 '조류의 천국'이라고 말한 까닭은 무엇인가요? (   )

▲ 홍머리오리

① 조류 박물관이 있어서
② 우포늪의 날씨가 매우 좋아서
③ 우포늪에 쉴 만한 좋은 장소들이 많아서
④ 다양한 조류들이 많이 찾아와 머물기 때문에

3주 2일
학습 끝!

붙임 딱지 붙여요.

 논술 3. 다음을 읽고 우포늪에 대한 여러분의 생각이나 느낌을 써 보세요.

> 우포늪은 1억 4,000만 년 전에 생겨난 것으로, 우리가 살고 있는 한반도가 만들어진 시기와 비슷하게 형성되었다. 습지로서 가치가 높아 국제 습지 보호 구역으로 지정되기도 하였다.

▲ 철새

03 아름다운 동강에 대하여

"어! 저게 뭐야?"

늦은 저녁, 식구들이 텔레비전 앞에 모여 앉아 프로그램 하나를 재미있게 보고 있었다.

"동강을 소개하는 프로그램이야. 멋있어. 너도 와서 봐."

"동강?"

"동강은 강원도 정선군과 영월군 일대를 흐르는 긴 강으로, 길이가 자그마치 65킬로미터 정도나 돼. 저것 봐. 저게 동강의 상류 쪽인 어라연인데, 정말 멋지지?"

아빠의 말대로 어라연의 경치는 정말 멋졌다. 산과 산 사이를 S 자 모양으로 부드럽게 굽이치는 동강. 그 모습은 마치 거대한 뱀이 힘차게 나아가는 것처럼 보였다.

"어떻게 저렇게 구불구불하게 흐를 수 있지? 정말 신기하다."

동강 경치에 흠뻑 빠져 있는데, 곧 동강 주변에 있는 평창 백룡 동굴이 소개되었다. 백룡 동굴은 석회암으로 이루어진 동굴로, 수달, 어름치, 비오리, 동강 할미꽃과 함께 동강을 대표하는 상징물로 꼽힌다고 했다.

언어 **1. 이 글을 통해 알 수 있는 내용이 <u>아닌</u> 것에 ✕표를 하세요.**

(1) 동강은 우리나라에서 가장 긴 강이다. ( )

(2) 동강 주변에는 석회암 동굴인 백룡 동굴이 있다. ( )

(3) 동강은 강원도 정선군과 영월군 일대를 흐른다. ( )

과학 탐구 **2. 동강 주변에 있는 희귀 동물과 그 동물의 특징을 찾아 알맞게 줄로 이으세요.**

(1)

수달

•

(2)

어름치

•

(3)

비오리

•

•

㉠ 개울가 등에 사는 새로, 몸의 길이는 66센티미터 정도이고, 날개가 화려하며 부리는 가늘고 길다.

•

㉡ 물가에 살면서 새끼를 낳아 젖을 먹인다. 발가락 사이에 물갈퀴가 있어 헤엄을 잘 친다. 천연기념물 제330호.

•

㉢ 민물고기로, 몸은 25센티미터 정도이고 몸에 검은 점이 있다. 천연기념물 제259호.

논술 **3. 글쓴이는 굽이쳐 흐르는 동강의 모습을 보기 처럼 표현하였습니다. 여러분은 다음 동강의 모습을 보고 어떤 느낌을 받았는지 자유롭게 표현해 보세요.**

> **보기** 굽이치는 동강은 마치 거대한 뱀이 힘차게 나아가는 것처럼 보였다.

동강 줄기에 있는 선암 마을의 모습도 소개되었는데, 이곳은 한반도 모양을 닮아 유명하다고 했다. 그때 형이 불쑥 나에게 물었다.

"수인아, 선암 마을을 보면 안쪽에는 흙이 넓게 쌓여 있고, 바깥쪽에는 흙이 거의 안 보이지? 왜 그런 줄 아니?"

"어? 몰라. 왜 그런데?"

"헤헤. 그건 강이 굽이칠 때 바깥쪽은 물살이 세서 땅이 깎이는 침식 작용이 일어나고, 안쪽은 물살이 약해서 흘러 내려온 흙이나 작은 돌들이 켜켜이 쌓이는 퇴적 작용이 일어나서 그래."

"오, 형! 생각보다 똑똑한데."

"이게!"

형이 꿀밤을 먹였다. 형과 나는 장난을 치느라 몇 장면을 못 보고 지나쳤다.

그러다 절벽 바위틈에 피어 있는 동강 할미꽃이 화면에 나오자, 나와 형은 곧바로 장난을 멈추고 텔레비전 가까이 다가갔다. 동강 할미꽃은 다른 할미꽃과 달랐다. 바위틈을 비집고 피어났는데도 고개도 떨구지 않고 매우 당당해 보였다. 그러고 보면 힘든 환경에서 자란 꽃일수록 더 씩씩하고 당찬 것 같다.

1. 이 글을 통해 알 수 있는 선암 마을의 특징은 무엇인가요? (   )

① 마을의 모습이 한반도 모양이다.

② 마을 사람들이 손으로 만든 곳이다.

③ 같은 성을 가진 사람들이 모여 산다.

④ 동강의 물살이 가장 세게 흐르는 곳이다.

2. 글쓴이의 형이 한 말을 바탕으로 하여 (1)과 (2)에서 각각 일어나는 작용은 무엇인지 보기 에서 골라 쓰세요.

보기	침식 작용	퇴적 작용

(1) (   ) 　　(2) (   )

3. 다음은 동강 할미꽃에 대한 설명입니다. 이 설명을 읽고 동강 할미꽃에 대한 여러분의 생각이나 느낌을 보기 와 같이 써 보세요.

동강 할미꽃은 본래 동강 주변의 바위틈에서 나고 자란다고 하여 '바위 할매'라고 불리기도 한다. 세계적으로 보기 드문 식물 중 하나이다. 일반 할미꽃에 비해 꽃봉오리가 작은데 이것은 양분이 적은 바위틈에서 자라야 하기 때문이다. 또한 일반 할미꽃과 달리 고개를 떨구지 않는다.

보기 　양분이 적고 뿌리를 내리기 힘든 바위틈에서 아름다운 꽃을 피우다니, 동강 할미꽃은 매우 강인한 식물이라고 생각한다.

프로그램이 끝나자 아버지가 동강이 널리 알려지게 된 이유를 말씀해 주셨다.

"1990년, 우리나라 중부 지방에 큰 홍수가 나자 여기저기에서 홍수를 예방하기 위해 댐을 건설해야 한다는 주장이 나왔어. 그때 일부 사람들은 댐을 건설할 곳으로 바로 이곳 동강을 지목했지. 그러자 수많은 사람들이 반대를 하기 시작했단다."

"왜요? 댐을 건설해서 홍수를 막으면 좋은 일이잖아요."

"물론 그렇지. 하지만 댐을 건설하면 동강 주변의 생태계가 파괴되는 것은 물론, 동강 주변에 있는 문화유산과 아름다운 동굴들까지 물에 잠기게 된단다."

"아, 그렇군요. 그래서 동강을 사랑하는 사람들이 반대한 거군요."

"그렇지. 이 일을 계기로 많은 사람들이 동강의 아름다움을 알게 되었고, 그 덕분에 강 일대를 생태계 보전 지역으로 정하게 되었어."

동강, 그 아름다운 자연이 사라질 수도 있었다니 아찔했다. 사람에게 도움이 되는 개발이더라도 자연을 생각해 좀 더 신중해야 한다는 생각이 들었다.

※ **지목**: 사람이나 사물이 어떠하다고 가리켜 정함.

1. 동강이 사람들에게 널리 알려지게 된 계기는 무엇인가요? ( )

① 동강이 남한강으로 흘러들어 문제가 생겨서

② 수많은 동굴들이 물에 잠긴 뒤 복구하는 과정에서

③ 동강의 많은 문화유산이 세계적으로 인정을 받게 되어서

④ 중부 지방에 큰 홍수가 일어난 뒤 동강에 댐을 지으려고 해서

2. 여러 해 전에 동강에 댐이 건설될 뻔했습니다. 다음 중 댐의 기능에 해당하는 것을 두 가지 고르세요. ( )

① 홍수 피해를 예방할 수 있다.

② 주변 환경을 깨끗이 할 수 있다.

③ 물을 저장하여 가뭄에 대비할 수 있다.

④ 지구의 기온이 높아지는 현상을 막을 수 있다.

3. 동강에 댐을 건설하는 문제에 대해 찬성하는 입장과 반대하는 입장이 내세운 근거는 각각 무엇이었을지 써 보세요.

3주 3일
학습 끝!

붙임 딱지 붙여요.

(1) 동강 댐 건설을 찬성하는 입장

(2) 동강 댐 건설을 반대하는 입장

제주도로 떠난 가족 여행

　연휴를 맞아 우리 가족은 제주도로 2박 3일 여행을 다녀왔다. 서울은 장마 기간이라서 비가 많이 왔지만 제주도는 구름만 많이 끼었을 뿐 비는 내리지 않았다.

　우리 가족은 제주도에 도착하자마자 숙소에 짐을 풀고 곧바로 주상 절리대로* 향했다. 주상 절리대는 해안을 따라 기둥 형태의 바위들이 펼쳐진 곳이다. 나는 주상 절리대로 향하는 차 안에서 동생 민영이에게 제주도 설화인 '설문대 할망' 이야기를 들려주었다.

　"까마득한 옛날, 설문대 할망이 치마폭에 흙을 퍼 담아 쌓아 올린 것이 바로 제주도의 한라산이래. 그리고 손으로 흙을 퍼내어 자기가 앉기 좋게 만든 것이 바로 백록담이고."

　"정말? 설문대 할망은 덩치가 엄청 큰 괴물이었나 보다. 킥킥킥."

　창밖으로 조랑말 타는 곳이 보이자 민영이가 엄마에게 말을 타고 싶다고 떼를 썼다. 결국 우리 가족은 잠깐 내려 조랑말을 타 보았다. 말을 타기 전에는 많이 무서웠는데, 막상 타고 나니 생각보다 편안하고 재미있었다.

* 숙소: 집을 떠난 사람이 임시로 묵는 곳.

언어 **1. 글쓴이가 제주도를 여행하면서 가장 먼저 간 곳은 어디인가요? (   )**

①
한라산

②
백록담

③
주상 절리대

④
조랑말 타는 곳

과학 탐구 **2. 조랑말은 땅에서 사는 동물입니다. 땅에서 사는 동물의 특징이 <u>아닌</u> 것은 어느 것인 가요? (   )**

① 주로 아가미로 호흡한다.

② 다리가 없는 동물은 기어서 이동한다.

③ 소, 개, 고양이, 개미, 달팽이 등 종류가 많다.

④ 다리를 가지고 있는 동물은 걷거나 달려서 이동한다.

논술 **3. 다음은 제주도 설화인 '설문대 할망' 이야기의 일부입니다. 뒤에 이어질 내용을 상상 하여 써 보세요.**

> 설문대 할망은 제주도 사람들에게 "입을 옷을 지어 주면 육지까지 다리를 놓아 주겠 다."라고 말했어. 그러자 제주도 사람들은 모두 힘을 모아 옷을 짓기 시작했지.

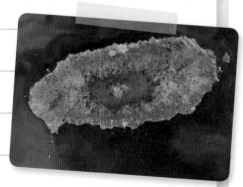
▲ 제주특별자치도

우리는 곧 주상 절리대와 가까운 제주도 남쪽의 중문 관광 단지에 도착했다. 주상 절리대를 둘러보기 전, 엄마가 먼저 제주도의 가치에 대해 간단히 이야기해 주셨다.

"제주도는 화산 활동으로 만들어진 섬이라서 독특한 화산 지형과 용암 동굴, 폭포, 숲 등이 어우러진 아름다운 곳이야. 그래서 유네스코에서는 제주도를 2002년에 생물권 보전 지역으로, 2007년에 세계 자연 유산으로, 2010년에 세계 지질 공원으로 지정하여 전 세계가 함께 보전해야 할 섬으로 인정해 주었지."

전망대에 서자 해안을 따라 세워져 있는 수많은 돌기둥이 한눈에 들어왔다. 바로 주상 절리대였다. 벌집 모양 같기도 하고, 빨대들을 한데 묶어 놓은 것 같기도 한 주상 절리대. 이 멋진 주상 절리대는 화산이 폭발할 때 흘러내린 용암이 바다와 만나 오각형이나 육각형 기둥 모양으로 굳은 것이라고 했다.

"우아, 자연이 스스로 이렇게 아름다운 모양을 만들다니……!"

나는 눈부시게 푸른 바다, 하얗고 깨끗한 파도, 촘촘히 세워진 돌기둥의 조화를 보며 깊은 탄성을 질렀다.

※ 유네스코(UNESCO): 국제 연합 전문 기관의 하나로, 교육·과학·문화 보급 및 증진 기구.
※ 전망대: 멀리 내다볼 수 있도록 높이 만든 대.

1. 이 글에서 글쓴이가 경험한 일이 아닌 것은 무엇인가요? (   )

① 전망대에서 제주도의 푸른 바다를 보았다.

② 해안을 따라 세워진 수많은 돌기둥을 보았다.

③ 주상 절리대를 보기 위해 중문 관광 단지에 도착했다.

④ 사람의 손으로 일일이 돌을 다듬어 놓은 예술품을 보았다.

 2. 다음은 무엇에 대한 설명인가요? (   )

> 이것은 화산이 폭발할 때 흘러내린 용암이 바다와 만나 식으면서 오각형이나 육각형 기둥 모양으로 굳어져 생긴 것이다.

① 지진   ② 온천   ③ 동굴   ④ 주상 절리

 3. 이 글을 읽고 제주도의 주상 절리대에 대하여 새롭게 알게 된 내용은 무엇인지 써 보세요.

둘째 날은 올레길을 따라 오래도록 걸었다. '올레'는 집으로 가는 좁은 골목을 뜻하는 제주도 사투리라고 했다. 여러 갈래의 올레길 가운데 우리 가족은 제주도 남쪽에 있는 쇠소깍에서 외돌개까지 가는 길을 택했다.

아스팔트 길만 걸었던 나와 민영이는 몇 시간 동안 오솔길, 비탈길, 논길을 걷는 것이 무척 힘들었다. 하지만 어디선가 바닷바람이 불어와 힘내라고 어깨를 시원히 감싸 주었다.

올레길을 걸으면서 제주도에서만 볼 수 있는 작은 집을 몇 채 보았다. 지붕은 제주도의 거센 바람을 견디기 위해 밧줄로 엮여 있었다. 또한 집 입구에는 대문 없이 기다란 나무 몇 개만 가로놓여 있었는데, 나무 개수나 놓인 모양은 주인이 안에 있는지 없는지, 얼마나 멀리 갔는지 등을 알려 준다고 한다.

제주도는 화산 폭발로 만들어진 섬이라서 그런지 섬 곳곳이 독특하고 아름다웠다. 자랑스러운 우리의 자연 유산인 제주도가 세계에 더욱 널리 알려졌으면 좋겠다.

※ **사투리**: 한 지방에서만 쓰는, 표준어가 아닌 말.
※ **아스팔트 길**: 석유를 만들고 남은 검은색 화합물로 만든 길.

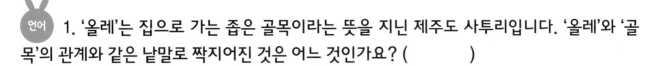

언어 1. '올레'는 집으로 가는 좁은 골목이라는 뜻을 지닌 제주도 사투리입니다. '올레'와 '골목'의 관계와 같은 낱말로 짝지어진 것은 어느 것인가요? (   )

① 높다 – 낮다   ② 뛰다 – 달리다
③ 나무 – 소나무   ④ 할무이 – 할머니

언어 2. 다음은 올레길에서 만난 제주도 집의 입구 모습입니다. 가로놓여 있는 긴 나무에 대한 설명으로 <u>틀린</u> 것은 무엇인가요? (   )

① 집에 몇 명이 사는지 알 수 있다.
② 대문 대신 이 나무들이 놓여 있다.
③ 집 안에 사람이 있는지 없는지 알려 준다.
④ 집주인이 얼마나 멀리 갔는지 짐작할 수 있다.

논술 3. 이 글을 통해 짐작할 수 있는 올레길과 아스팔트 길의 차이점을 보기 처럼 대비되게 써 보세요.

3주 4일
학습 끝!

붙임 딱지 붙여요.

보기   올레길은 자동차가 다니기 불편하지만, 아스팔트 길은 자동차가 다니기 편하다.

▲ 올레길

▲ 아스팔트 길

99

Ⅰ 앞의 글들에서 글쓴이가 경험한 내용들을 다음과 같이 나누어 보려고 합니다. 글을 다시 한번 읽으면서, 본 것에는 '본', 들은 것에는 '들', 생각하거나 느낀 것에는 '생'을 써 보세요.

〈고수 동굴〉

⑴ 동굴 안으로 들어가는 사람들 모두 긴팔 옷을 챙겨 입었다. (   )

⑵ 고수 동굴은 일 년 내내 14~15도라고 한다. (   )

⑶ 박쥐를 직접 보지 못해 아쉬웠다. (   )

〈우포늪〉

⑷ 건물을 장식한 거대한 잠자리와 물자라 조형물이 인상적이었다. (   )

⑸ 우포늪에 사는 다양한 철새와 텃새를 살펴볼 수 있었다. (   )

⑹ 우포늪은 1억 4,000만 년 전에 만들어졌다고 한다. (   )

〈동강〉

⑺ 강이 굽이칠 때 강의 안쪽은 흙이 쌓이고 바깥쪽은 흙이 깎이는 이유를 들었다. (   )

⑻ S 자 모양으로 굽이치는 동강을 보았다. (   )

⑼ 힘든 환경에서 자란 동강 할미꽃은 매우 씩씩하고 당찬 것 같다. (   )

〈제주도〉

⑽ 제주도의 푸른 바다와 하얀 파도, 촘촘히 세워진 주상 절리대를 보았다. (   )

⑾ 제주도가 세계 자연 유산에 등재되었다는 것을 들었다. (   )

⑿ 조랑말 타는 것이 생각보다 편하고 재미있었다. (   )

2 아래에 있는 글의 제목들을 보기 와 같이 지형의 특징이 드러나도록 바꾸어 보세요.

보기 단양 고수 동굴을 다녀와서 → 햇빛이 들지 않고 서늘한 단양 고수 동굴

(1) 우포늪을 찾아서 →

(2) 아름다운 동강에 대하여 →

(3) 제주도로 떠난 가족 여행 →

3 '고수 동굴, 우포늪, 동강, 제주도' 중 한 곳을 선택하여 친구에게 소개하는 편지글을 써 보세요. 앞의 글을 통해 알게 된 내용을 바탕으로 하되, 내가 알고 있는 내용이나 또 다른 내용도 찾아서 덧붙여 보세요.

에게

20◯◯년 ◯월 ◯◯일

(이)가

궁금해요

세계 자연 유산을 둘러보아요

세계 곳곳에는 빼어난 아름다움과 신비로움을 간직한 기념물, 건축물, 유적지 등이 아주 많아요. 유네스코에서 지정한 세계 자연 유산 가운데 몇 곳을 살펴봐요.

그랜드 캐니언(미국)

미국 서남부에 위치한 애리조나주에는 콜로라도강이 콜로라도고원을 가로질러 흐르고 있어요. 이곳에 거대한 골짜기가 있는데, 이것이 바로 '그랜드 캐니언'이에요. 그랜드 캐니언은 약 20억 년 전에 만들어진 것으로, 길이가 약 447킬로미터, 너비는 6~30킬로미터 정도, 가장 깊은 곳의 깊이는 약 1,500미터인 거대한 골짜기예요. 깎아지를 듯한 절벽, 거대한 계단 모양의 지형 등 웅장한 모습이 끝도 없이 펼쳐져 있지요.

그레이트배리어리프(오스트레일리아)

오스트레일리아의 북동쪽 바닷가에는 세계 최대의 산호초* 지대인 그레이트배리어리프가 있어요. 산호초 대부분이 바다에 잠겨 있고 일부가 바다 위로 나와 있지요. 이곳에는 70여 개의 크고 작은 섬이 아름다운 자연 경관을 이루고 있어요. 또한 400여 종의 산호를 비롯하여 1,500여 종의 물고기, 그리고 초록 거북과 같은 멸종 위기에 있는 바다 생물들이 살고 있어요.

---

* 산호초: 얕은 바다 밑에 사는 나뭇가지 모양의 동물인 산호가 죽으면서 형성된 암초.

바이칼호(러시아)

러시아에는 세계에서 가장 오래된 호수가 있어요. 바로 '바이칼호'예요. 오래되었을 뿐만 아니라 매우 깊고 큰 호수이기도 하지요. 남북 길이가 약 636킬로미터나 되며, 호수 안에 22개의 섬이 있는 어마어마한 호수예요. 또한 사람이 잘 드나들지 않는 곳에 있어서 호수와 호수 주변에는 다양한 희귀 동식물이 살고 있답니다. 오염되지 않은 맑은 물과 아름다운 자연 경관은 호수의 가치를 더욱 높여 주고 있지요.

제주도(대한민국)

제주도는 유네스코로부터 생물권 보전 지역, 세계 자연 유산, 세계 지질 공원 등으로 선정되어 높은 가치를 인정받고 있어요. 아름다운 경치는 물론, 섬, 화산, 해변, 동굴, 폭포, 숲 등 모든 지형의 특색을 고루 갖추고 있지요. 제주도는 우리 후손뿐 아니라 전 세계의 후손에게 물려주어야 하는 매우 가치 있는 곳이랍니다.

▲ 제주도에 있는 화산인 성산 일출봉

🖊 미국의 그랜드 캐니언, 오스트레일리아의 그레이트배리어리프, 러시아의 바이칼호, 우리나라의 제주도 등과 같이 세계 자연 유산으로 지정된 곳의 공통점은 무엇인지 생각하여 써 보세요.

내가 할래요

여기, 정말 최고야!

여러분이 다녀 본 곳 중 자연환경이 매우 아름답거나 신비롭다고 여겨진 곳 하나를 골라 다음과 같은 내용이 들어가도록 기행문을 써 보세요.

1. 언제 누구와 함께 갔나요?

2. 어디에 위치한 곳인가요?

3. 다니면서 보거나 듣거나 한 일 등에는 무엇이 있나요?

4. 자연환경적 특징은 무엇인가요?

5. 그곳에서 가진 생각이나 느낌은 무엇인가요?

보기

나는 지난 여름 방학 때 가족과 함께 외도를 다녀왔습니다. 외도는 거제도에서 조금 떨어진 곳에 있는 섬으로, 한려 해상 국립 공원에 속해 있습니다.

외도는 원래 아무도 살지 않는 바위섬이었는데, 어떤 사람이 수십 년에 걸쳐서 갖가지 꽃과 나무들을 사들여 가꾸고 보존하여 지금의 해상 농원을 만들었다고 합니다.

외도의 해상 농원은 비록 자연적으로 만들어진 것은 아니지만, 우리나라에서 보기 드문 아름다운 식물들을 볼 수 있는 곳입니다. 이곳의 모습은 정말 신비롭고 아름다워서 마치 외국에 온 것 같은 착각까지 들 정도입니다.

나는 다시 한번 외도에 가서 식물들을 하나하나 더 꼼꼼히 관찰하고 싶습니다.

확인할 내용	잘함	보통임	부족함
1. 이번 주 학습을 5일(월요일~금요일) 안에 끝마쳤나요?			
2. 고수 동굴, 우포늪, 동강, 제주도의 특징을 잘 이해했나요?			
3. 본 것과 들은 것, 생각한 것 등을 구분할 수 있나요?			
4. 기행문을 직접 쓸 수 있나요?			

3주 5일
학습 끝!

붙임 딱지 붙여요.

전하는 말

4주

우리 마을
지도를 그려 봐요

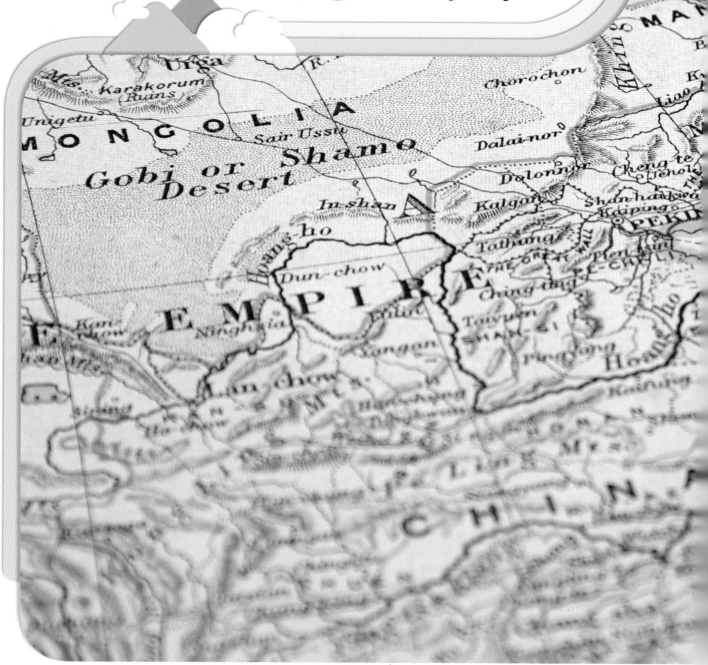

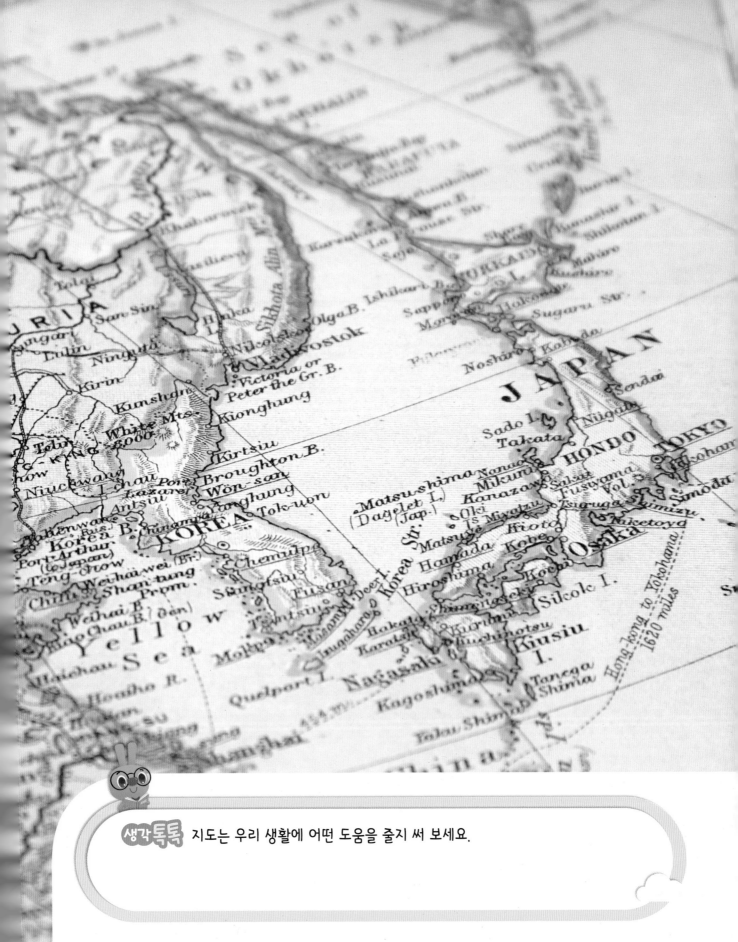

생각톡톡 지도는 우리 생활에 어떤 도움을 줄지 써 보세요.

관련교과   [국어 3-1] 설명하는 말이나 설명하는 글을 읽고 대강의 내용 간추리기
[사회 4-1] 지도의 기본 요소를 알고 지도에 나타난 정보를 실제 생활에 활용하기 / 우리 지역 중심지의 위치, 기능, 경관의 특징 탐색하기

마을의 모습을 살펴봐요

오늘 우리 반 자유 발표 주제는 '마을의 모습'이에요. 우리 모둠에서는 한 명씩 돌아가며 자신이 가 본 마을을 소개했지요.

〈윤호〉

저는 지난 여름 방학 때 다녀온 작은 마을을 소개하겠습니다. 그 마을에는 맑은 개천 하나가 흐르고 있고, 그 위로 다리가 두 개 놓여 있었어요. 가뭄에 대비해 큰 저수지도 있고, 개천 주변에는 크고 작은 논들이 퍼즐을 맞춘 것처럼 펼쳐져 있었지요.

집들은 낮은 산들의 아래쪽에 모여 있었어요. 학교와 마을 도서관은 저수지 근처에 있었고, 면사무소, 협동조합, 마을 회관, 상점 등 편의 시설들은 저수지에서 멀리 떨어져 있는 다리 근처에 있었지요.

푸른 논밭과 풀벌레 소리, 개천가가 어우러진 그 마을은 무척 아름다웠습니다.

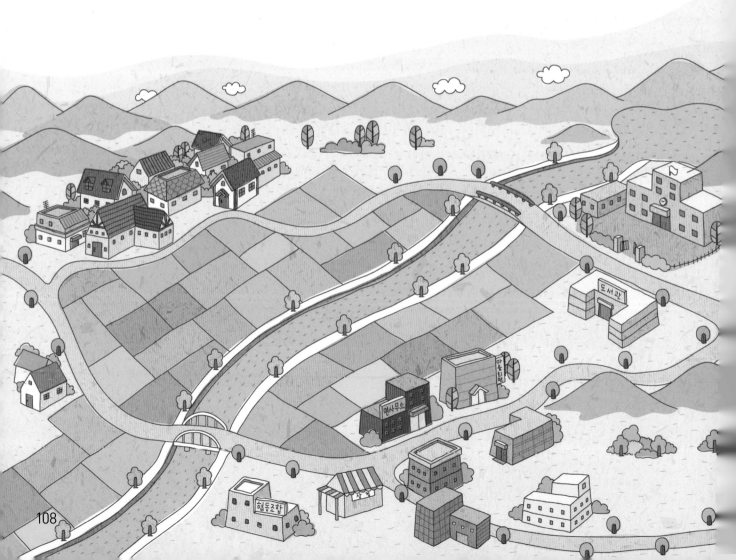

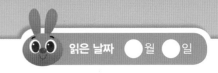
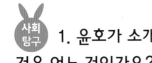
1. 윤호가 소개한 마을은 농촌입니다. 농촌에 사는 사람들의 생활 모습과 관련이 <u>없는</u> 것은 어느 것인가요? (   )

① 마을 사람들이 주로 농업에 종사한다.

② 가뭄이 들면 비를 기원하는 제사를 지내기도 한다.

③ 벼농사같이 공동 작업이 필요한 경우가 매우 많다.

④ 이 지역에서 주로 생산하는 것은 산나물, 버섯, 약
   초, 목재 등이다.

2. 윤호가 개천 주변에 펼쳐진 논들의 모습을 '퍼즐을 맞춘 것처럼'이라고 표현한 이유는 무엇일까요? (   )

① 논이 몇 개 없어서

② 논이 아무렇게나 듬성듬성 있어서

③ 여러 가지 화려한 색의 논들이 모여 있어서

④ 논의 크기는 각각 다르지만 전체적으로 잘 정돈되어 있어서

3. 아래 사진 속 마을과 윤호가 본 마을의 차이점은 무엇인지 써 보세요.

〈재영〉

저는 일주일 전에 가족 여행을 갔다가 우연히 산골짜기에 있는 동네를 산책하게 되었어요. 비탈진 곳에 층층이 물결처럼 자리 잡고 있는 논밭이 아주 인상적이었지요. 집들이 모여 있지 않고 띄엄띄엄 흩어져 있는 것도 신기했고요. 길이 산을 따라 지그재그로 이어져 있어서 다니기가 많이 불편했어요. 하지만 산속에 조용히 안겨 있는 느낌이 들어 마음이 편안해졌어요. 산골짜기에 자리 잡은 마을도 참 아늑하게 느껴졌답니다.

다음 날 우리 가족은 시원한 바닷바람을 맞으러 산촌에서 꽤 멀리 떨어져 있는 바닷가로 놀러 갔어요. 차를 타고 한참을 가니 눈부시게 파란 바다와 모래밭이 펼쳐져 있었지요. 바닷가를 따라 집이나 가게들이 길게 늘어서 있었어요. 배들이 모여 있는 부두에도 가 보았는데, 부두 주변은 생선을 사고파는 사람들로 북적거렸답니다.

언어 **1. 재영이가 산촌에서 본 모습으로 알맞은 것에 ◯표를 하세요.**

(1) 도로와 건물들이 반듯하게 정리되어 있다. (   )

(2) 논밭이 비탈진 곳에 층층이 만들어져 있다. (   )

(3) 배들이 부두를 이용해 육지와 바다로 드나든다. (   )

(4) 마을 곳곳에 저수지를 만들어 가뭄에 대비하고 있다. (   )

사회탐구 **2. 오른쪽 그림지도에 나타난 마을에서 볼 수 있는 시설이 <u>아닌</u> 것은 무엇인가요? (   )**

① 부두   ② 등대

③ 방파제   ④ 저수지

논술 **3. 이 글을 바탕으로 산촌과 어촌에 대한 여러분의 느낌이나 생각을 보기와 같이 써 보세요.**

> **보기** 산촌은 오고 가는 사람이 드물어 조용할 것 같고, 어촌은 부두에서 물고기를 사고파는 사람들이 많아 소란스러울 것 같다.

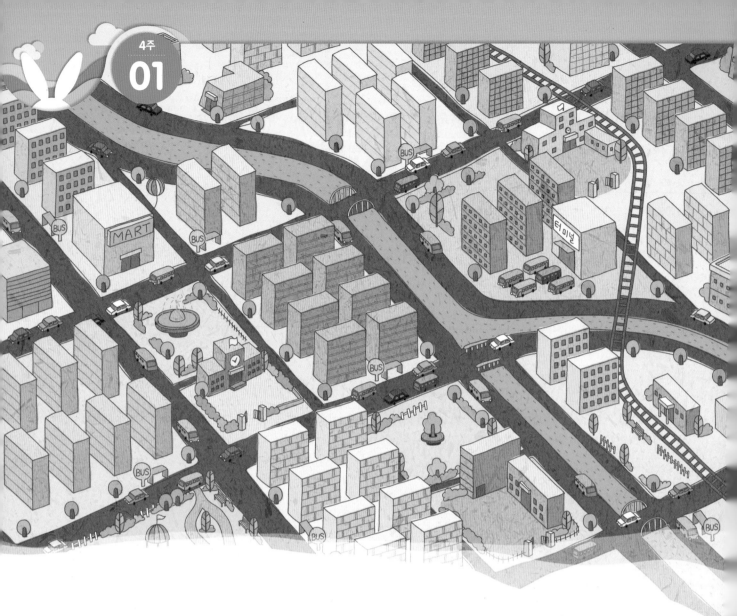

〈보미〉

　　저는 막내 이모가 일하고 있는 곳에 가 본 적이 있어요. 사람이 많이 사는 도시여서 그런지 아파트가 빽빽하게 아주 많이 있더라고요. 큰 강을 중심으로 큰 도로들이 바둑판처럼 짜여 있고, 그 도로들 안쪽으로는 높고 큰 아파트들이 쭉 늘어서 있었어요. 아파트 주변에는 식료품 가게와 문구점, 병원 등이 잘 갖춰져 있었지요. 아파트 가까이에 학교와 공원이 많은 것이 조금 부러웠어요.

　　골목이며 큰길이며 거의 모든 길이 잘 닦여 있어서 다니기 편했어요. 아스팔트로 만든 곧게 뻗은 넓은 길에는 차들도 많이 다녔지요. 버스 정류장도 많고 기차역과 시외버스 터미널도 있었어요. 시내버스가 파란색, 녹색, 노란색 등 다양한 것도 신기했어요. 대형 할인 마트도 여기저기에 많았지요. 골목마다 크고 작은 건물들이 너무 많이 있어서 조금 복잡하긴 했어요.

1. 보미가 막내 이모가 일하는 마을에서 부러워한 것은 무엇인가요? (   )

① 다양한 교통 시설

② 하늘을 찌를 듯한 고층 건물

③ 아스팔트로 만든 곧게 뻗은 길

④ 아파트 가까이에 학교와 공원이 많은 것

 2. 보미의 막내 이모가 일하는 곳은 도시입니다. 도시에 대한 설명으로 알맞지 <u>않은</u> 것은 무엇인가요? (   )

① 의료 기관과 공장, 회사 등이 많다.

② 공연장, 놀이공원 등 문화 시설이 많다.

③ 교통 시설이 부족해서 다니기 불편하다.

④ 학교나 학원 등이 많아서 교육 여건이 좋다.

 3. 사진 속 사람들의 모습을 참고하여, 큰 도시에 살면 좋은 점과 불편한 점은 어떤 것이 있을지 생각하여 써 보세요.

(1) 좋은 점:

4주 1일
학습 끝!

붙임 딱지 붙여요

(2) 불편한 점:

맞아! 지도가 있어

모둠 발표를 마친 뒤 우리 반 친구들은 마을의 모습을 좀 더 정확히 아는 방법에 대해 이야기를 나누었어요.

〈효인〉 만약 하늘에서 우리 마을을 내려다본다면 우리 마을의 위치와 크기를 잘 알 수 있을 것 같아.

〈지우〉 맞아. 인공위성에서 찍은 위성 사진을 보면 정말 똑같더라.

〈재영〉 하지만 너무 복잡해. 내비게이션 지도는 어떨까?

〈윤호〉 내비게이션 지도는 정확하기는 하지만 장면이 계속 바뀌어서 마을을 한눈에 보기에는 좀 불편해. 나는 그냥 간단하게 그려진 그림지도가 편리하더라.

〈선생님〉 그림지도? 좋아, 그러면 오늘 집에 가서 우리 마을을 그림지도로 한번 그려 보자. 알았지?

우리 마을의 그림지도라! 헤헤, 그림 하면 또 나 강보미 아니겠어요? 빨리 집에 가서 최고로 멋진 그림지도를 만들 거예요.

1. 다음 중 그림지도의 좋은 점을 <u>잘못</u> 말한 친구는 누구인가요? (   )

①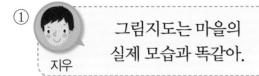
지우
그림지도는 마을의 실제 모습과 똑같아.

②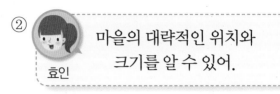
효인
마을의 대략적인 위치와 크기를 알 수 있어.

③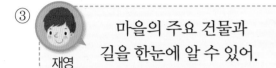
재영
마을의 주요 건물과 길을 한눈에 알 수 있어.

④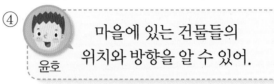
윤호
마을에 있는 건물들의 위치와 방향을 알 수 있어.

2. 위성 사진에 대한 설명으로 맞지 <u>않은</u> 것은 무엇인가요? (   )

① 인공위성이 찍은 사진이다.

② 실제의 모습이라서 실감이 난다.

③ 날씨를 예보하는 데 많이 쓰인다.

④ 사람이 직접 다니면서 만든 지도이다.

3. 아래 사진은 주로 자동차나 오토바이 등을 운전할 때 필요한 내비게이션 지도입니다. 이 지도는 어떤 경우에 사용하면 좋을지 두 가지 이상 써 보세요.

우리 마을에 들어선 건물과 길들

 집으로 돌아가는 길에 한 아주머니께서 보건소 가는 길을 물으셨어요. 보건소라면 이미 몇 번 가 보긴 했는데, 정확히 기억이 나지 않아 우물쭈물했지요. 그러자 아저씨 한 분이 다가와 아주머니께 길을 자세하게 설명해 주셨어요.

 그날 저녁, 나는 인터넷으로 우리 마을 지도를 검색하여 건물과 길들을 하나하나 되짚어 보았어요.

 먼저 가장 익숙한 우리 집 주변의 아파트들과 단독 주택들을 찾았어요. 그리고 그곳에서 길모퉁이를 돌아 쭉 가면 나오는 학교와 학원도 찾았지요.

 학교 앞 큰길 건너편에는 주민 센터가 있고, 그 건너편에는 구청과 소방서, 보건소 등과 같은 공공 기관들이 있어요. 구청 근처에는 버스 정류장과 은행, 시장, 식당, 주유소, 주차장, 미용실, 서점 등 상가가 몰려 있는 대형 마트 건물이 있지요. 지도로 보니 길 모습이 조금씩 떠올랐어요.

1. 다음 공공 기관이 하는 일을 찾아 줄로 이어 보세요.

(1) 보건소 •

• ㉠ 주민의 안전을 지키고 교통질서를 유지한다.

(2) 경찰서 •

• ㉡ 예방 접종을 실시하는 등 주민의 건강을 위해 힘쓴다.

 2. 우리 마을의 모습을 그림지도로 그리려면 가장 먼저 무엇을 조사해야 할까요?

( )

① 우리 마을에서 가장 많은 건물을 조사한다.
② 우리 마을 사람들의 생활 모습을 조사한다.
③ 우리 마을에서 경치가 가장 좋은 곳을 조사한다.
④ 주요 건물과 길, 하천 등이 어디에 있는지 조사한다.

3. 다음 대화를 읽은 뒤, 아주머니에게 길을 좀 더 잘 가르쳐 드리려면 어떻게 해야 할지 생각하여 써 보세요.

애야, 보건소에 가려면 어디로 가야 하니?

이 길을 따라 쭉 가다가 은행 건물을 지나 오른쪽 골목길로 들어간 다음 오른쪽으로 꺾어지면 나오는 두 번째 건물이에요.

아이고, 복잡해라. 다시 한 번 천천히 설명해 줄래?

내가 주로 다니는 길은 우리 집에서 학교까지 가는 길과 친구 집에 가는 길, 버스 정류장 가는 길, 시장 가는 길 정도예요. 하지만 마을을 꼼꼼히 둘러보니 우리 마을에는 길이 참 많았어요. 마치 한 그루의 나무처럼 넓은 길은 가지를 뻗어 중간 너비의 길들과 이어지고, 중간 너비의 길들은 또다시 작은 골목길들과 맞닿았지요. 아빠 차의 내비게이션으로 봤던 여러 갈래 길들이 생각났어요.

그 길들 중에는 인도와 차도로 나뉘어 사람과 차들이 함께 이용하는 길도 있고, 육교와 지하도같이 사람만 다니는 길도 있고, 고속 도로, 지하 차도, 고가 도로 등과 같이 차들만 다니는 길도 있었어요. 그리고 그 길들은 제각각 자신들의 이름을 가지고 있었지요.

우리 마을에는 내가 미처 알지 못했던 수많은 건물과 길들이 있고, 또 새롭게 만들어지고 있다는 것이 신기했어요. 이 길들은 과연 어느 마을, 어느 곳까지 이어지는 걸까요?

1. 다음 중 '나(보미)'가 주로 다니는 길이 <u>아닌</u> 곳은 어디인가요? (   )

① 친구 집에 가는 길

② 버스 정류장 가는 길

③ 집에서 학교까지 가는 길

④ 이웃 마을과 이어지는 길

2. 다음 사진과 같이 기둥 따위를 세워 땅 위로 높이 만든 도로를 무엇이라고 하나요? (   )

① 터널

② 지하도

③ 골목길

④ 고가 도로

3. 길은 사람만 다니는 길과 차만 이용하는 길, 차와 사람이 나누어 함께 이용하는 길 등 매우 다양합니다. 그런데 차와 사람이 다니는 길을 따로 구분하는 이유는 무엇일지 생각하여 써 보세요.

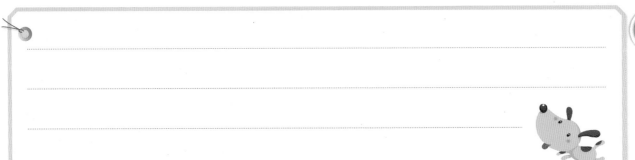

4주 2일
학습 끝!

붙임 딱지 붙여요.

119

마을 지도를 그리는 방법

한참을 낑낑거려 겨우 우리 마을 그림지도를 완성했어요. 아무리 봐도 참 잘한 것 같아요. 그런데 혹시 잘못 그린 게 있으면 어쩌죠? 아무래도 척척박사 윤주에게 검사 좀 받아 봐야겠어요.

"윤주야, 이것 좀 봐 줘."

"뭔데? 아, 그림지도구나. 앗, 그런데 보미야, 학교랑 도서관, 그리고 몇 개의 건물 방향이 잘못된 것 같아."

간식을 가지고 들어오시던 윤주 어머니가 슬며시 내 그림지도를 보셨어요.

"아, 보미가 보미 집을 중심으로 방향을 잡고 그려서 그런 거야."

윤주 어머니는 휴대 전화를 꺼내어 우리 마을 지도를 보여 주셨어요.

"여기가 우리 마을인데, 위쪽이 북쪽이고, 우리 집은 학교의 북동쪽, 보미네는 남동쪽, 도서관은 남서쪽에 있어. 지도를 그리려면 방위를 잘 알아야 해."

윤주 어머니의 말씀대로 휴대 전화의 방향을 돌려 보니 건물과 길의 위치가 조금씩 달라졌어요. 나는 윤주와 함께 학교를 중심으로 동서남북 위치를 정하고 그림지도를 다시 그려 보기로 했어요.

 1. 그림지도를 잘 그리려면 다음에서 설명하는 것을 잘 알아야 합니다. 이것은 무엇인지 이 글에서 찾아 써 보세요.

- 이것은 동서남북을 기준으로 방향을 나타내는 말이다.
- 동서남북의 네 방향을 '十'와 같은 기호로 나타내기도 한다.
- 이것은 한 지점을 기준으로 삼아 다른 곳을 바라볼 때 사용한다.
- 북쪽을 바라보고 섰을 때 오른쪽이 동쪽, 왼쪽이 서쪽, 뒤쪽이 남쪽이다.

(   )

2. 다음은 여덟 방향을 나타내는 8방위표입니다. 윤주 어머니의 설명을 참고하여, 학교를 중심으로 했을 때 다음 빈칸에 어떤 건물이 있어야 하는지 써 보세요.

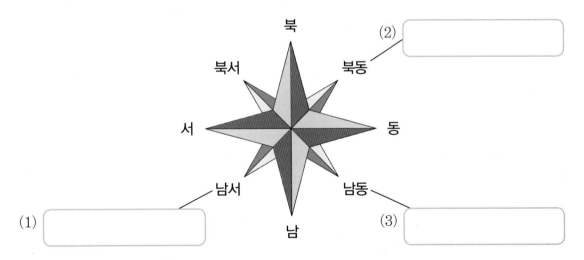

(1)   (2)   (3)

3. 윤주 어머니의 이야기를 참고하여 그림지도를 그릴 때 가장 먼저 해야 할 일이 무엇인지 써 보세요.

"윤주야, 건물들을 그렇게 크게 그리면 우리 마을을 다 그려 넣지 못할 것 같아. 이 정도 크기로 그리면 어떨까?"

"그건 너무 작지 않니? 작게 그리면 어떤 건물인지 알 수가 없잖아."

윤주와 나는 건물을 어느 정도 크기로 그릴지 망설였어요. 그러다 문득 며칠 전 텔레비전에서 보았던 장면이 떠올랐어요.

"얼마 전 텔레비전에서 첨단 기계를 이용해 위치를 찾는 장면을 봤어. 처음에는 우리나라 전체의 위성 사진이 나오더니, 그중 한 곳에 손을 대니까 그 부분이 좀 더 확대되고, 또다시 손을 대니까 좀 더 확대되더라. 그렇게 몇 번 반복하니까 아주 세밀하게 확대된 사진이 나왔어. 윤주야, 우리도 그렇게 그려 볼까? 우리 마을을 하늘에서 내려다본 것처럼 그리되, 나는 아주 높은 곳에서 본 것처럼 우리 마을을 전체적으로 볼 수 있게 그릴게. 너는 좀 더 낮은 곳에서 본 것처럼 학교 근처만 집중적으로 그리는 거야. 어때?"

"멋진 생각이야! 너무 재미있겠는걸."

1. 그림지도를 그리기 전, 윤주와 '나(보미)'는 무엇 때문에 망설였나요? (   )

① 방위를 어떻게 정해야 할지 몰라서

② 마을에 어떤 시설이 있는지 확인해야 해서

③ 텔레비전에서 본 장면이 잘 떠오르지 않아서

④ 건물의 모습을 어느 정도 크기로 그려야 할지 몰라서

2. 다음 지도 중 윤주가 그릴 그림지도의 모습과 보미가 그릴 그림지도의 모습을 구별하여 지도 아래에 그릴 사람의 이름을 써 보세요.

(1)
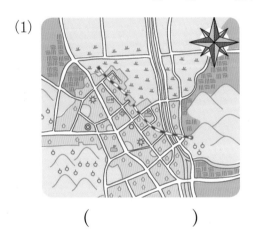

(   )

(2)
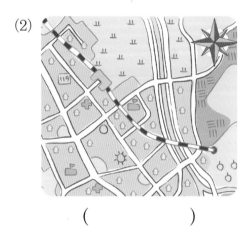

(   )

3. 다음 설명을 읽고 만약 여러분이 자기 마을의 그림지도를 그린다면 어떤 그림지도를 그릴지 이유와 함께 써 보세요.

> 지도에서 실제 거리를 줄인 정도를 '축척'이라고 한다. 실제 거리를 조금 줄인 '대축척 지도'로는 보다 자세한 모습을 볼 수 있고, 실제 거리를 많이 줄인 '소축척 지도'로는 넓은 지역을 볼 수 있다.

(1) 그리고 싶은 그림지도:

(2) 그 이유:

그런데 한참 뒤, 나와 윤주는 또다시 한숨을 "휴!" 하고 쉬었어요. 작은 종이 안에 다양한 건물들과 학교, 아파트 모습 등을 그대로 그려 넣으려니 너무 복잡하고 힘들었거든요.

때마침 윤주 어머니가 들어오셨어요.

"보미와 윤주가 그림지도를 잘 그리고 있네. 그런데 얘들아, 건물들을 모두 그대로 그리려면 아마 너네 팔이 '주인님 살려 주세요.'라고 할걸?"

"그럼 어떻게 해요? 사실 너무 힘들어요."

"얘들아, 지도는 실제 모습을 작게 줄여서 나타내는 거잖니? 누구나 알기 쉽고 이해하기 쉽게 말이야. 그런데 그렇게 그리면 너무 복잡해서 한눈에 알아보기 어렵단다. 그래서 지도를 그릴 때는 실제 모습보다 간단하게 기호로 바꾸어 나타내는 게 좋아."

윤주 어머니는 종이에 그림을 직접 그려서 보여 주셨어요.

"와, 훨씬 보기 쉽네요. 이 정도라면 제 팔이 '더 그려, 더 그려.'라고 하겠는걸요? 히히히."

1. 윤주와 '나(보미)'가 그림지도를 그리다가 다시 한번 한숨을 쉰 이유는 무엇인가요?

( )

① 색칠하기가 힘들어서

② 마을 건물들의 위치가 잘 생각나지 않아서

③ 윤주 어머니가 자꾸 잘못되었다고 꾸중해서

④ 건물 모습을 그대로 그리려니 너무 복잡하고 힘들어서

2. 마을 건물들의 실제 모습을 기호로 바꾸어 나타낼 경우, 어떤 점이 좋을까요? 모두 골라 보세요. (   )

① 그리기가 간단하다.   ② 쉽게 알아볼 수 있다.

③ 그림지도가 덜 복잡해진다.   ④ 지도가 예쁘게 꾸며진다.

3. 만일 여러분이 그림지도에 쓸 여러 가지 기호를 직접 만든다면 어떻게 나타내고 싶나요? 다음 '기호 예시'를 참고하여 자기만의 기호를 만들어 보세요.

	학교	경찰서	병원	과수원	철도
기호 예시					
자기만의 기호					

4주 3일 학습 끝!

붙임 딱지 붙여요.

125

윤주와 나는 그림지도를 그릴 때 주의할 점을 생각하며 우리 마을의 그림지도를 처음부터 다시 그리기로 했어요.

그림지도를 그리기 위해서 먼저 학교를 중심에 두고 기준이 되는 방위를 정했어요. 종이의 오른쪽 위에 8방위표도 그렸지요.

그다음 주변의 도로나 철도, 산이나 하천 등을 그리고, 가장 먼저 눈에 띄는 아파트와 공공시설 등 주요 건물들을 간단하게 기호로 나타냈어요. 기호를 쓰니 그리기도 편하고 보기도 쉬웠지요. 주요 건물들을 그린 뒤 그 밖의 다른 건물들도 간단히 나타냈어요.

그림지도를 다 그린 뒤 윤주와 나는 보기 좋게 색칠을 했어요. 단독 주택이 많은 곳은 분홍색으로 칠하고, 논이나 공원 등은 연두색으로 칠했지요. 밭은 옅은 황토색으로 칠했고요. 색을 보면 그 지역이 주로 어떻게 이용되고 있는지 알게 하기 위해서였어요.

짜잔! 드디어 우리 마을의 그림지도가 완성됐답니다. 어때요? 멋지죠?

사회탐구 1. 그림지도를 그릴 때 주의할 점이 <u>아닌</u> 것을 두 가지 고르세요. (　　　　　)

① 실제 모습 그대로 그린다.

② 방위를 정해 방향에 맞게 그린다.

③ 땅을 어떻게 이용하고 있는지 쉽게 나타낸다.

④ 마을에 있는 시설을 빠짐없이 모두 그려 넣는다.

 언어 2. 다음은 그림지도를 그리는 순서입니다. 번호에 맞게 설명을 써넣으세요.

(1) 　　　　　　(2)

(3) 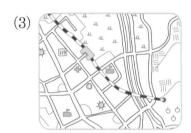　　　　　　(4)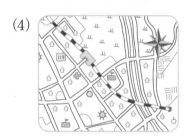

(1) ....

(2) 주변의 도로나 철도, 산이나 하천을 간단히 그린다.

(3) ....

(4) 그 밖의 다른 건물들을 간단히 나타낸 뒤, 용도에 맞게 색칠한다.

 논술 3. 만약 지도가 없다면 어떤 점이 불편할지 두 가지 이상 써 보세요.

이것도 지도란다

나는 윤주네 집에서 그린 그림지도를 가지고 집으로 돌아왔어요.

"이것 좀 보세요. 제가 우리 마을 그림지도를 그렸는데, 진짜 멋져요!"

"와, 잘 그렸네. 우리 마을이 한눈에 보이는걸!"

엄마와 아빠는 흐뭇한 얼굴로 내 머리를 쓰다듬어 주셨어요.

그런데 저녁 식사를 마친 뒤 아빠가 나를 부르셨어요.

"보미야, 이것 좀 보렴. 이게 뭔지 아니?"

아빠는 신문을 펼쳐 지도 하나를 보여 주셨어요.

"지도 같긴 한데 좀 시시해요. 건물도 없고 길도 없고 온통 동그라미만 그려져 있
잖아요."

"그렇지? 그런데 보미야, 이것도 지도란다. 이 지도는 각 지역에 사는 인구가 얼
마나 되는지 알려 주는 지도야."

"와, 지도로 인구수를 알려 주다니 신기해요."

아빠는 방에서 노트북 컴퓨터를 가져오셨어요.

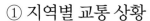 1. 보미 아버지께서 보여 주신 지도로 알 수 있는 내용은 무엇인가요? (   )

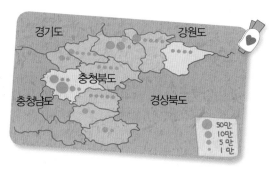

① 지역별 교통 상황

② 마을의 위치와 크기

③ 각 지역에 사는 인구수

④ 우리나라의 주요 관광지

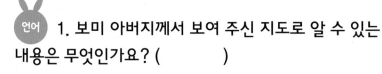

2. 다음의 인구 통계 자료를 바탕으로 인구분포도를 만들어 보려고 합니다. 지도의 빈 칸에 '가'처럼 점으로 인구수를 나타내 보세요.

지역	인구수
가	110,000명
나	90,000명
다	100,000명

● 10만 명 ● 1만 명

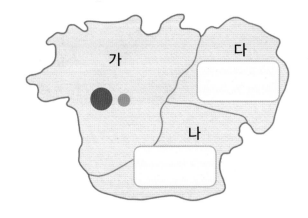

3. 다음은 우리나라의 인구분포도입니다. 이 지도에서 ◯표시를 한 지역의 생활 모습은 어떠할지 생각하여 보기 처럼 써 보세요.

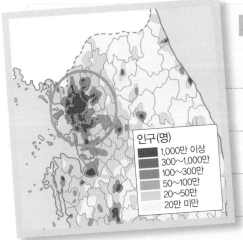

보기 땅의 크기에 비해 인구수가 많아 복잡할 것이다.

"일반적으로 지도는 아까 네가 그린 것처럼 지역의 건물과 길 같은 것을 알려 주지. 하지만 이처럼 지역의 생활 모습을 알기 쉽게 나타내기 위해 지도를 이용하기도 한단다."

"지역의 생활 모습이오?"

"응. 지역별 인구수를 비롯해, 각 지역의 특산물, 날씨나 산업, 교통 등 다양한 정보를 지도로 알기 쉽게 나타낼 수 있거든. 아빠가 몇 개만 보여 줄까?"

아빠는 노트북 컴퓨터로 여러 가지 지도를 보여 주셨어요. 인구분포도 외에 도로만 나온 '교통도', 특산물이 표시된 '특산물 안내도', 어떤 산업이 발달했는지 보여 주는 '산업도', '토지 이용도' 등이 있었지요.

"아빠, 지도의 세계는 정말 무궁무진하네요."

"그렇지? 우리 보미가 그 놀라운 세계에 첫발을 내딛은 거란다. 다음에는 길이나 건물이 아닌 다른 정보를 알려 주는 지도에 도전해 보면 어때?"

"좋아요. 다음에는 새로운 지도를 만들어 올 테니 기대하세요!"

1. 다음 중 지역의 생활 모습과 관련된 지도를 만들 때 필요한 자료가 <u>아닌</u> 것은 무엇인 가요? ( )

① 패션 자료

② 토지 이용 자료

③ 인구 분포 통계 자료

④ 주요 산업 분포 자료

2. 다음 지도를 통해 알 수 있는 내용은 무엇인지 써 보세요.

(1)

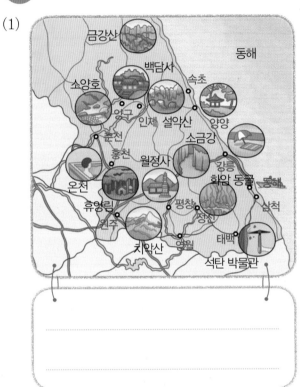

(2)

3. 지역의 여러 가지 생활 모습을 지도로 나타내면 어떤 점이 좋을지 다음에 제시된 지도 가운데 하나를 선택하여 보기 처럼 써 보세요.

인구분포도, 교통도, 특산물 안내도, 산업도, 토지 이용도

보기 인구분포도를 통해 각 지역의 발달 정도와 지역별 문제점 등을 쉽게 짐작할 수 있다.

4주 4일 학습 끝!

붙임 딱지 붙여요

| 다음은 보미네 마을의 그림지도입니다. 그림지도를 잘 살핀 뒤 아래 물음에 답해 보세요.

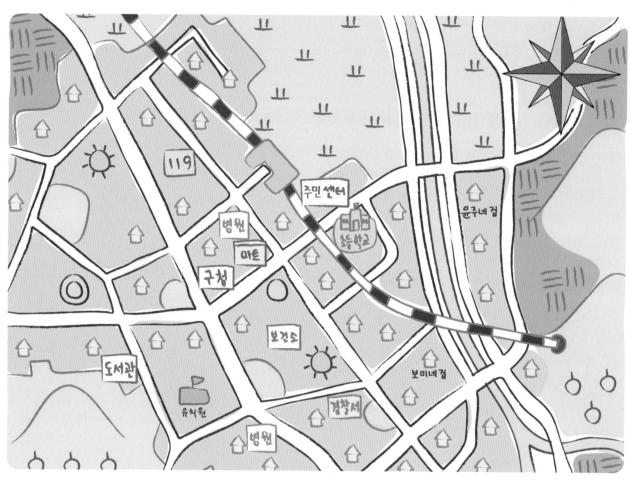

(1) 보미네 마을 주민들은 땅을 어떻게 이용하면서 살아가고 있는지 큰길 주변과 개천 주변을 중심으로 써 보세요.

(2) 보미네 집에서 도서관 가는 길을 방위표를 참고하여 방향을 중심으로 안내해 보세요.

2 여러분이 살고 있는 지역은 어떤 모습인지 자세히 살펴보고 다음 물음에 답해 보세요.

(1) 여러분이 살고 있는 지역의 모습은 어느 그림과 비슷한가요? (   )

① 농촌

② 산촌

③ 어촌

④ 도시

(2) 여러분이 살고 있는 지역에 있는 시설을 찾아 ◯표를 하고, 표에 적혀 있지 않은 시설들은 아래 빈칸에 마저 적어 보세요.

구청	주민 센터	보건소	도서관	우체국	경찰서	소방서	학교
제과점	기차역	고속버스 터미널	편의점	도로	등대	방파제	마을 회관
놀이터	공원	공중화장실	은행	주유소	어린이 도서관	공장	백화점
시장	할인 마트	서점	학원	병원	약국	주차장	음식점

3 여러분이 살고 있는 지역의 정보를 담아서 지도를 만들려고 할 때, 무엇을 조사하여 지도로 나타내고 싶은지 그 까닭과 함께 써 보세요.

(1) 지도로 나타내고 싶은 정보:

(2) 그 까닭:

지도란 무엇일까?

지도란 우리가 살고 있는 곳이나 찾아가야 할 곳을 살필 때 가장 많이 이용하는 것이에요. 지도에 대해 좀 더 알아볼까요?

사람들은 언제부터 지도를 만들었을까요?

아주 먼 옛날, 사람들은 식량이 있는 곳을 알기 위해 지도를 만들었어요. 나무 열매가 많은 곳이나 사냥감이 많은 곳을 기억하기 위해 땅 위나 동굴 안, 바위 같은 곳에 그림을 그리기 시작했지요. 그것이 발전하여 오늘날의 지도가 되었답니다.

현재 남아 있는 지도 중 가장 오래된 것은 4,500여 년 전에 만들어진 고대 바빌로니아의 지도예요. 태양열로 구운 벽돌 표면에 나뭇가지로 그림을 새겨 넣었답니다.

▲ 고대 바빌로니아 지도

우리나라는 언제부터 지도를 만들었을까요?

우리나라는 삼국 시대부터 지도를 그려 왔다고 전해져요. 하지만 지금까지 남아 있는 것은 모두 조선 시대에 만들어진 것들이에요.

조선 전기에 만든 '동국지도', '조선방역지도'와 조선 후기인 1861년에 김정호가 만든 '대동여지도' 등이 대표적이지요. 참, 1402년에 만든 우리나라 최초의 세계 지도인 '혼일강리역대국도지도'도 있답니다.

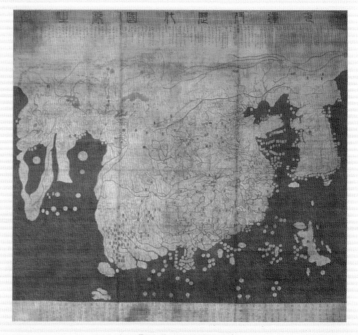

▲ 혼일강리역대국도지도

방위를 어떻게 알 수 있나요?

지도를 그리려면 무엇보다 동서남북 방향을 잘 표시해야 해요. 그런데 나침반이 없던 옛날에는 어떤 방법으로 방위를 알 수 있었을까요?

대표적인 방법이 바로 '별자리'예요. 북반구의 경우 북극성은 북쪽 하늘을 가리키는 붙박이 별이지요. 그래서 사람들은 북극성을 찾아 방향을 잡았답니다.

▲ 북쪽 하늘의 별자리

나무의 나이테로도 방향을 알 수 있었어요. 햇빛을 많이 받는 남쪽의 나이테는 간격이 넓고, 반대쪽인 북쪽의 나이테는 간격이 좁거든요.

우리나라에서 사용되는 지도는 어디에서 만드나요?

우리나라에서 사용되는 모든 지도는 '국가 기본도'를 기초로 하고 있어요. 국가 기본도는 '국토 지리 정보원'이라는 곳에서 만들지요. 국토 지리 정보원은 지도 제작은 물론, 국토 측량, 항공 사진 촬영 등 나라의 지리와 지형에 관한 다양한 정보를 조사하고 연구한답니다.

🖉 지도에 대해 새롭게 알게 된 내용과 더 알고 싶은 내용을 한 가지씩 써 보세요.

(1) 새로 알게 된 내용:

(2) 더 알고 싶은 내용:

내가 할래요

우리 마을을 그려 봐요!

아래의 그림지도를 참고하여 다음 순서에 따라 우리 마을 그림지도를 그려 보세요.

① 종이 위쪽을 북쪽으로 하여 방향을 정하고, 종이 가운데에 기준이 되는 우리 학교를 기호로 나타냅니다.
② 주변의 도로나 철도, 산이나 하천 등을 그려 넣습니다.
③ 눈에 잘 띄는 공공 기관이나 공공시설 등 주요 건물을 그려 넣습니다.
④ 땅의 쓰임을 살펴 주택지, 상점, 논, 밭 등을 기호로 간단히 그려 넣습니다.
⑤ 마지막으로 용도에 따라 색을 다르게 칠하여 지도를 완성합니다.

보기

확인할 내용	잘함	보통임	부족함
1. 이번 주 학습을 5일(월요일~금요일) 안에 끝마쳤나요?			
2. 그림지도의 특징을 잘 이해했나요?			
3. 농촌, 어촌, 도시 등의 지역 모습을 이해했나요?			
4. 우리 마을의 모습을 그림지도로 그릴 수 있나요?			

1주 울산 바위의 유래

예 '울고 있는 산'이라는 의미로 '울산 바위'라고 지었을 것 같다.

1 ⑤   **2** ③   **3** 예 어허, 일만 이천 개나 되는 봉우리가 모두 밋밋하여 너무 아쉽구나.

1 ㉠은 함경산맥, ㉡은 차령산맥, ㉢은 노령산맥, ㉣은 소백산맥, ㉤은 태백산맥입니다. 태백산맥은 국내에서 가장 큰 산맥으로 금강산, 태백산, 오대산, 설악산 등이 있습니다.

3 산신령은 금강산 산등성이를 둘러보고는 모든 봉우리가 밋밋하여 아쉬워했습니다.

1 ④   **2** ①, ④   **3** 예 전국에서 가장 아름다운 나무들을 모두 불러 모아 산을 울긋불긋하게 꾸민다. 또한 조각가들을 불러 아름다운 조각상을 만든다.

1 강원도는 우리나라 중동부에 있는 지역으로, 동해와 접하고 있으며, 감자, 옥수수, 황태 따위가 많이 납니다. 설악산, 월정사, 오죽헌 등이 유명합니다.

3 여러분이 다녀 본 관광지들을 떠올리며 금강산을 돋보이게 할 방법을 생각해 봅니다.

1 ③   **2** (1) ㉣ (2) ㉠   **3** 예 (1) 이제 곧 내가 금강산 최고의 봉우리로 서게 되겠지? 생각만 해도 설렌다. (2) 저 멋진 얼굴과 늠름한 풍채의 울산 바위가 부러워.

1 ③은 부산광역시에 대한 설명입니다.

3 울산 바위는 스스로를 웅장하고 기품 있다고 여기며 금강산의 으뜸 바위가 되기 위해 길을 떠났습니다. 주위의 바위들은 이런 울산 바위를 어떻게 생각했을지 짐작하여 봅니다.

1 ①, ③   **2** ①, ②   **3** 예 로켓이 출발하는 소리가 났지.

1 완도는 남해에 있는 섬이고, 백령도는 서해에 있으며 북한과 가장 가까이에 있는 섬입니다.

3 거대한 울산 바위의 걸음 소리를 과장하여 표현할 만한 대상을 찾아봅니다.

1 ②, ④   **2** ②   **3** 예 다른 지역의 바위들이 너무 많이 오는 바람에 산신령이 더 이상 봉우리가 필요 없다고 했다네.

1 일이 일어난 순서를 알 수 있는 말에는 시간을 나타내는 말과 이어 주는 말이 있습니다.

3 많은 바위들이 금강산으로 간 것과 울산 바위의 걸음이 느렸던 것을 바탕으로 생각해 봅니다.

1 설악산 **2** ② **3** 예 울산 바위는 자신이 하고 싶던 일을 너무 쉽게 포기했다. 나라면 일만 이천 봉이 다 차서 들어갈 자리가 없더라도, 산신령에게 찾아가 나를 봉우리로 써 달라고 부탁했을 것이다. 꿈을 이루려면 힘들더라도 끝까지 노력해야 한다.

2 금강산과 설악산은 태백산맥에 있는 산으로, 두 산 모두 바위가 많고 아름답습니다.

3 울산 바위는 꿩 대신 닭, 즉 금강산 대신 설악산을 선택했습니다. 이러한 선택에 대한 여러분의 생각을 써 봅니다.

1 (1) 강원도, ㉣ (2) 경상남도, ㉗ **2** ④ **3** 예 울산에 있던 바위가 강원도 설악산에 가서 그곳을 빛내는 것이 샘이 났기 때문이다.

1 ㉠ 평안북도, ㉡ 함경남도, ㉢ 황해도, ㉣ 강원도, ㉤ 충청남도, ㉥ 경상북도, ㉗ 경상남도, ㉘ 전라남도, ㉙ 제주특별자치도입니다.

3 울산 바위가 울산 땅에 있었다면 울산의 명물이 되었을 것이란 생각에 샘이 났습니다.

1 유교 **2** ③ **3** 예 ③ 울산 원님이 해마다 찾아와 세금을 거둬 간 일 ④ 지금 신흥사에 세금으로 낼 돈이 없다는 것

1 고려 시대에는 불교가 나라의 근본이었지만, 조선 시대에는 유교를 따랐습니다.

3 울산 바위에 대한 세금을 내게 된 과정을 곰곰이 생각해 봅니다.

1 ① **2** ③, ④ **3** 예 얘야, 오늘 낮에는 정말 고마웠다. 너의 지혜 덕분에 사찰과 마을 사람들이 한시름 덜게 되었어. 네가 나섰을 때 내심 '괜히 일이나 더 크게 만들지 말아야 할 텐데.' 하고 걱정했지. 하지만 지금은 어리다고 지혜마저 부족할 것이라 생각한 내가 부끄럽구나. 얘야, 앞으로도 너의 지혜로 여러 사람을 두루 돕기 바란다. / ○○○○년 ○월 ○일

1 ①은 평야 지역에 대한 설명입니다.

3 동자승이 문제를 지혜롭게 해결했을 때 주지 스님의 마음이 어떠했을지 생각해 봅니다.

1 ② **2** ③ **3** 예 불가능한 방법을 말하여 울산 바위에 대한 세금도 계속 걷고, 동자승도 혼내 주려고 했다.

3 동자승에게 무안을 당한 원님의 마음을 헤아려 봅니다.

1 ② **2** ㉡, ㉠, ㉣, ㉢ **3** 예 해조류의 성질을 이용한 과학적인 방법을 찾아낸 동자승의 지혜에 놀랐다.

1 소금은 물에 잘 녹습니다.

3 동자승은 물기가 많은 해조류가 불에 완전히 타지 않는 성질을 이용해 꾀를 냈습니다.

1주 35쪽

1 (1) ㉢ (2) ㉡ 2 ② 3 **예** 원님, 괜히 샘이 나서 억지 부리지 말고, 고을로 돌아가서 백성들을 잘 보살피세요.

3 원님이 왜 그런 망신을 당했는지 생각해 원님에게 충고할 말을 써 봅니다.

1주 36~37쪽 되돌아봐요

1 (1) ㉠ (2) ㉢ (3) ㉡ 2 **예** 울산 바위를 신흥사에서 일부러 가져간 것이 아니고, 울산 바위로 돈을 벌고 있는 것도 아니므로 울산에 세금을 낼 필요가 없다. 3 **예** 울산 바위는 금강산에 자리가 없다는 말을 들었더라도 끝까지 찾아가 산신령에게 자리를 달라고 부탁하였을 것이다. 그래서 금강산에 자리 잡았을 것이다. 4 울산 바위, 설악산, 일만 이천, 설악산 5 **예** (1) 호랑이 등 바위 (2) 바위 모습이 걸어가는 호랑이의 등 같아서

5 울산 바위의 모습에 어울리는 새로운 이름을 지어 봅니다.

1주 39쪽 궁금해요

예 수리산은 경기도 안양시와 군포시 경계에 있다. 수리산은 높지 않고 규모도 작지만, 경치가 아름다워서 도립 공원으로 지정되었다. 오르는 길에는 바위가 많으며 봄이 되면 진달래가 많이 피어서 더욱 아름답다.

1주 41쪽 내가 할래요

예 제목: 수리산 // 박주영 // (노랫말): 수리산 찾아가자 작고 낮은봉 / 볼수록 아름답고 정답구나 / 산책하기 좋은 길 함께 갑시다. / 나무숲이 울창하고 아름다워라 수리산이라네.

2주 우리 마을이 최고야!

2주 43쪽 생각 톡톡

예 내가 살고 있는 마을의 모습과 다른 풍경이라서 낯설면서도 흥미롭다.

2주 45쪽

1 ②, ④ 2 ③, ①, ④, ② 3 **예** 어른께 인사할 때는 좀 더 예의 바르게 해야 해. 다음부터는 인사를 좀 더 잘했으면 좋겠구나.

1 학교 근처에 자동차가 다니지 못하게 하거나 어린이들이 집과 학교만 다니게 하는 것은 현실적으로 불가능하며 교통사고를 줄이는 근본적인 방법이 아닙니다.

3 충고하는 말은 다른 사람이 잘되기를 바라는 마음으로 해야 합니다.

2주 47쪽

1 ④ 2 ③ 3 **예** (1) 육지로 연결되는 큰길이 없는 것이다. (2) 나라에서 육지로 연결되는 큰길을 놓아 주어야 한다.

1 귀산 마을은 비록 섬은 아니지만 육지로 가는 길이 마땅하지 않아 섬처럼 느껴집니다.

3 귀산 마을 사람들은 육지로 가는 큰길이 놓이길 바랐지만, 자신들만의 힘으로는 어려워 나라가 나서 주기를 바랐습니다.

2주 49쪽

1 ③ 2 ④ 3 **예** 우리 지역에는 어린이들이 책과 애니메이션을 마음껏 볼 수 있는 시설이 필요하다.

3 우리 지역 어린이에게 꼭 필요한 것이 무엇인지 생각해 봅니다.

2주 51쪽

1 ④ **2** ④ **3** 예 바닷길을 이용하여 다른 지역과 빠르게 오갈 수 있는 쾌속선을 운행한다.

2 다수의 의견이 항상 옳은 것은 아니기 때문에 소수의 의견도 존중해야 합니다.

3 자연을 지키면서 개발할 수 있는 다양한 방법들을 생각해 봅니다.

2주 53쪽

1 ④ **2** ① **3** 예 내가 영어 말하기 대회에서 대상을 타자, 엄마가 "지성이면 감천이라더니, 한 달 내내 고생한 보람이 있구나."라며 기뻐하셨다.

3 많이 노력하여 어려운 일을 잘 해낸 경험을 떠올리며 글을 지어 봅니다.

2주 55쪽

1 ③ **2** ② **3** 예 다른 지역에서 생산되는 재료로 만든 음식이나 물건을 접하기 어렵다.

2 산책로는 사람들이 산책하도록 만든 길입니다.

3 지역 간 교류가 잘 이루어지면 다른 자연환경이나 문화를 접할 수 있고, 다양한 정보를 주고받을 수 있습니다. 또한 서로 협력하여 경제적으로 발전할 수 있습니다.

2주 57쪽

1 주민 자치 위원회 **2** (3) ○ (4) ○ **3** 예 우리 마을의 터줏대감이신 박씨 아저씨는 사진사이면서 마을도 적극적으로 돌보는 멋진 분이십니다. 마을 곳곳을 사진으로 찍어 남기는 것은 물론이고, 주민 자치 위원회의 위원장으로 활동하면서 마을을 좀 더 활기차게 만들려고 노력하고 계십니다.

2 글쓴이가 들은 일, 본 일, 한 일 등을 글쓴이의 경험이라고 합니다.

3 이 마을에서 나고 자란 박씨 아저씨의 특징과 하는 일이 잘 나타나게 써 봅니다.

2주 59쪽

1 ④ **2** (1) X (2) ○ (3) ○ (4) ○ **3** 예 비 오는 날이면 엄마가 학교 앞까지 와서 나를 기다리곤 했어. 내가 비에 맞아 감기라도 걸릴까 봐 걱정스러웠던 거야. (예시 그림 생략)

2 공단이 들어서면 공장에 출퇴근하는 사람이 많아지고 공장에서 나오는 나쁜 물질 등으로 마을 모습이 많이 바뀝니다.

3 비 오는 날에 겪은 일들을 떠올리며 짧은 글짓기를 하고 그림도 그려 봅니다.

2주 61쪽

1 ④ **2** ③ **3** 예 떡집을 열고 싶다. 나는 떡을 좋아해서 맛있는 떡을 만들 자신이 있고, 새로운 떡도 개발해 보고 싶기 때문이다.

2 순댓국은 사이시옷이 들어간 낱말입니다. '초+ㅅ+불', '나무+ㅅ+잎', '혼자+ㅅ+말'은 모두 사이시옷이 들어간 낱말이나, 옷가게는 '옷+가게'로 이루어져 있습니다.

3 글을 짓기 전에 시장에는 어떤 가게들이 있는지 살펴봅니다.

2주 63쪽

1 ③ **2** ③ **3** 예 매달 어린이들이 직접 물건을 사고파는 등 경제 활동을 체험할 수 있는 행사를 마련해 가족이 함께 찾게 한다.

2 재래시장이나 대형 마트는 물건을 실어 나르기 쉽고, 물건을 필요로 하는 사람이 많은 곳에 세워집니다.

3 시장의 일반적인 특징을 파악하고 그와 차별화할 수 있는 방법들을 생각해 봅니다.

2주 65쪽

1 ④ **2** ④ **3** 예 시장을 찾은 사람들에게 사진기를 빌려 주고 시장의 모습을 찍어 오게 한 다음 잘 찍은 사람에게 선물을 준다.

2 복지에 대한 관심 증가와 자연환경을 회복하려는 노력, 노인 인구가 늘고 첨단 기술이 발달하는 세계의 변화를 중심으로 어떤 직업이 생겨날지 생각해 봅니다.

3 사진기의 쓰임새와 사람들이 관심을 가질 만한 행사는 무엇인지 생각해 봅니다.

2주 67쪽

1 ④ **2** ② **3** 예 (제목) 귀동동 시장, 우리나라의 역사를 한눈에 보여 주다! / (기사 본문) 지난

10월 1일부터 ○○시 ○○구 귀동동 시장에서는 멋진 사진전이 열리고 있다. 귀동동 주민 자치 위원회에서 주최한 이 사진전은 귀동동의 50년 역사가 고스란히 담긴 사진전으로, 자그마한 변두리 마을에 공단이 들어서고, 공단이 다시 빌딩 가득한 도시로 발전하는 모습을 한눈에 보여 준다. 역사책을 펼쳐 놓은 듯한 이번 전시는 어른들에게는 추억을, 아이들에게는 우리나라의 발전 과정에 대한 체험을 선사할 것이다. 귀동동 시장의 사진전은 다음 해 3월 말까지 계속된다.

3 행사 일정과 의미 등을 정리해 봅니다.

2주 68~69쪽   되돌아봐요

1 산, 자연, 환경친화적, 조상   **2** 예 (1) 공장과 빌딩, 큰 가게들이 많다. (2) 공단으로 출퇴근하는 사람이 많다. (3) 공기가 매우 탁하다.   **3** (1) 어촌(바닷가) (2) 공장에서 일한 뒤 월급을 받는다.
4 예 (1) 학교와 놀이터 (2) 나중에 커서 본다면 친구들과 좋은 추억을 나눌 수 있기 때문이다.   **5** 예 (1) 자전거 도로 (2) 자전거를 타고 차도와 인도로 다니면 불편하고 위험하다.

4 우리 마을에서 오래도록 기억하고 싶은 곳은 어디인지 생각해 봅니다.

5 어떤 시설이 없어서 불편한지 떠올려 보고, 왜 그것이 필요한지 써 봅니다.

2주 71쪽   궁금해요

(1) ○ (3) ○

● 문제를 해결할 때에는 상대방의 의견을 존중하여 원만히 해결하도록 노력해야 합니다.

예시 답안 생략

● 제안은 어떤 일을 더 좋은 쪽으로 해결하기 위해 의견을 내는 것입니다. 제안하는 글은 크게 '문제 상황−제안−까닭'의 짜임으로 씁니다.

3주 아름다운 우리 고장

3주 75쪽 　생각 톡톡

예 먼 옛날, 솜씨 좋은 석수들이 모두 모여 하나하나 다듬어서 만들었을 것 같다.

3주 77쪽

1 ④　2 ㉡　3 예 동굴 안의 기온은 일 년 내내 섭씨 14~15도를 유지한다. 또한 동굴 안은 햇빛이 들지 않아 컴컴하고 축축하다.

1 '꿈만 같았다'라는 표현은 주로 평소 간절히 원하던 것이 이루어지거나 믿기 어려운 일이 벌어졌을 때 사용합니다.

2 단양은 충청북도에 있는 군입니다. ㉠ 충청남도, ㉡ 충청북도, ㉢ 경상북도, ㉣ 전라북도, ㉤ 경상남도, ㉥ 전라남도입니다.

3 원희 부모님의 이야기에서 동굴의 특징을 알 수 있습니다.

3주 79쪽

1 ③, ④　2 (1) ㉢ (2) ㉡ (3) ㉠　3 예 (1) 아이스크림 종유석 (2) 더운 날씨에 아이스크림이 위에서 아래로 녹아내리는 것 같아서

2 ㉠은 석순, ㉡은 석주, ㉢은 종유석입니다.

3 동굴 속의 석순, 종유석, 석주 등이 모여 있는 모습은 그 닮은 모습에 따라 사자나 독수리 등 여러 가지 이름이 붙어 있습니다. 사진 속 모습이 무엇을 닮았는지 상상하여 알맞은 이름을 붙여 봅니다.

3주 81쪽

1 ②, ③　2 ③　3 예 (1) 티끌 모아 태산 (2) 거대해 보이는 모습이지만 작은 물방울들이 꾸준히 모여 만들어졌기 때문이다.

1 동굴에 사는 동물들은 다른 동물들과 달리 시력이 좋지 않습니다. 하지만 소리나 진동에 대한 감각이 발달했습니다.

3 물방울이 오랜 세월 쉬지 않고 떨어지면서 석회암 동굴의 내부 모습을 만들었습니다. 작은 것의 중요성이나 꾸준한 노력의 소중함이 담긴 말이나 속담을 찾아봅니다.

3주 83쪽

1 ①　2 습지　3 예 늪 근처에 울긋불긋 꽃이 피었고, 나룻배 두 척이 한가롭게 주인을 기다리고 있다. 늪의 물이 하늘처럼 파랗다.

3 그림을 그리듯이 표현하는 것을 '묘사'라고 합니다. 묘사하는 방법에는 여러 가지가 있는데, 전체에서 부분의 순서로 묘사하거나, 순서를 정하여 하나씩 묘사하거나, 인상 깊은 부분을 강조하여 묘사할 수 있습니다.

1 ② 2 (1) 물수세미, 마름, 검정말 (2) 왜가리, 물닭, 고니 (3) 삵, 두더지, 너구리 3 **예** 베스는 물속에서 우리의 토종 물고기들을 마구 잡아먹는다. 이 때문에 우리 고유의 다양한 종이 사라지면서 물속의 생태계 균형이 깨지게 된다. 또한 베스는 플랑크톤을 잡아먹는 토종 물고기들도 잡아먹어서 물의 질이 나빠진다.

3 베스가 우리의 토종 물고기들을 마구 잡아먹는다면 토종 어류의 종이 줄어들어 물속 생태계 균형이 깨질 것입니다. 여기에 초점을 맞춰 생각해 봅니다.

1 물억새 2 ④ 3 **예** 오래전에 만들어진 우포늪에는 우리 한반도의 조류 역사를 알 수 있는 흔적들이 곳곳에 숨어 있을 것 같다. 또한 오랜 세월 잘 유지되었으니 앞으로도 잘 보존하여 우리 후손들에게 길이길이 물려주고 싶다.

2 오염되지 않은 우포늪에는 홍머리오리를 비롯한 다양한 철새와 텃새들이 살고 있어서 이곳을 '조류의 천국'이라고 부릅니다.

3 역사가 오래된 우포늪에 대한 생각이나 느낌을 솔직히 써 봅니다.

1 (1) X 2 (1) ㉡ (2) ㉢ (3) ㉠ 3 **예** 동강의 모습이 마치 커다란 용이 하늘로 올라가는 것처럼 우아하고 힘차다.

1 (1) 한반도에서 가장 긴 강은 압록강이고, 남한에서 가장 긴 강은 낙동강입니다.

3 힘차게 굽이쳐 흐르는 동강의 모습을 보고 느낀 점을 솔직하게 표현합니다.

1 ① 2 (1) 퇴적 작용 (2) 침식 작용 3 **예** 우리나라에서만 자라는 식물이라서 더욱 애정이 간다. 또한 세계적으로 보기 드문 식물이라고 하니 더욱 소중히 보존해야겠다.

2 강의 안쪽 부분은 물의 흐름이 약해 퇴적 작용이 일어나고, 바깥쪽 부분은 물의 흐름이 강해 침식 작용이 일어납니다.

3 동강 할미꽃은 원산지가 우리나라 강원도로, 석회암 절벽에서만 자라는 희귀 식물입니다. 척박한 곳에서 꽃을 피우는 동강 할미꽃에 대한 느낌을 잘 정리해 봅니다.

1 ④ 2 ①, ③ 3 **예** (1) 동강을 지키는 것도 중요하지만 홍수를 예방하는 것도 인간과 자연을 지키기 위해 중요하다. (2) 동강에 댐을 지으면 지금 당장은 사람에게 도움이 될 수 있다. 하지만 주변의 생태계가 파괴되고 아름다운 자연 경관과 문화유산이 물에 잠길 수 있기 때문에 길게 보면 인류에게 더 해롭다.

2 댐은 홍수 조절, 농업용이나 공업용 물의 공급, 물의 힘을 이용하여 전기를 일으키는 것 등 다양한 목적을 위하여 짓습니다.

3 찬성하는 입장은 댐의 기능을 강조하고, 반대하는 입장은 환경 파괴를 강조할 것입니다.

1 ④ 2 ① 3 예 하지만 설문대 할망의 몸이 워낙 커서 옷감이 턱없이 부족했어. 결국 사람들은 약속한 날짜에 맞춰 옷을 짓지 못했고, 실망한 설문대 할망은 어디론가 사라져 버렸단다. 그래서 결국 제주도에는 육지와 연결되는 다리가 놓이지 않았대.

2 땅에서 사는 동물은 주로 허파로 호흡을 합니다. 아가미로 호흡하는 동물은 주로 물속에서 사는 어류입니다.

3 뒤에 이어질 내용을 상상할 때에는 앞의 이야기와 연결이 자연스러운지 확인해야 합니다. 예시 답안은 원작을 정리한 것입니다.

1 ④ 2 ④ 3 예 화산이 폭발할 때 흘러내린 용암이 바다와 만나 식으면서 주상 절리대가 만들어졌다는 것을 처음 알았다.

1 글쓴이의 경험은 글쓴이가 한 일, 들은 일, 본 일 등을 말합니다.

3 주상 절리대에 대하여 새롭게 알게 된 내용을 잘 정리합니다.

1 ④ 2 ① 3 예 올레길은 포장되지 않은 자연 그대로의 길이지만, 아스팔트 길은 다니기 편하게 포장된 길이다.

1 사투리와 표준어의 관계를 찾습니다. ①은 반대 관계, ②는 비슷한 관계, ③은 포함하는 낱말과 포함되는 낱말의 관계입니다. ④의 할무이는 할머니의 경상도 사투리입니다.

3 아스팔트 길과 올레길의 대비되는 특징을 찾아봅니다.

1 (1) 본 (2) 들 (3) 생 (4) 생 (5) 본 (6) 들 (7) 들 (8) 본 (9) 생 (10) 본 (11) 들 (12) 생 2 예 (1) 다양한 동식물들이 살고 있는 습지인 우포늪 (2) S 자 모양으로 굽이쳐 흐르는 동강 (3) 아름다운 화산섬 제주도 3 예 지수(에게) / 지수야, 안녕! 너에게 우리나라의 아름다운 섬 제주도를 소개하고 싶어. 제주도는 화산 활동으로 만들어진 멋진 섬이야. 한라산, 백록담, 그리고 만장굴이나 용천 동굴 같은 멋진 용암 동굴이 있지. 그리고 바다에 펼쳐져 있는 주상 절리대는 입이 저절로 벌어질 만큼 멋져. 최근에는 올레길이라는 산책길이 널리 알려져서 많은 사람들이 걸으며 제주도의 아름다움을 느끼고 있단다. 너도 제주도로 꼭 놀러 가 보렴. / 채원(이가)

3 선택한 곳의 지형적 특징과 자랑거리를 떠올리며 편지를 써 봅니다.

예 세계 자연 유산들은 다음과 같은 공통점을 가지고 있다. 첫째, 경치가 매우 아름답다. 둘째, 인간이 만들어 낸 것이 아니라 자연의 힘으로 이루어진 것들이다. 셋째, 오랜 시간이 지나 이루어졌다.

예시 답안 생략

● 보기 를 참고하여 여러분이 다녀온 여행지 가운데 자연환경이 빼어난 곳에 대해 자유롭게 적어 보세요.

4주 우리 마을 지도를 그려 봐요

4주 107쪽 생각 톡톡

예 목적지까지 가는 길을 짐작하게 해 주거나 땅의 크기, 주변의 자연환경 등을 알게 해 준다.

4주 109쪽

1 ④ 2 ④ 3 예 윤호가 본 마을은 사람들이 주로 농사를 지어 생계를 이어 가는 곳이고, 사진 속 마을은 사람들이 주로 공장에서 일을 하면서 월급을 받아 생활하는 곳이다.

1 산나물, 버섯, 약초, 목재는 모두 산에서 얻을 수 있는 것들로 산촌 지역과 관련이 있습니다.

3 윤호가 본 마을은 농사를 짓는 농촌이며 사진 속 마을은 공장이 많은 공단입니다.

4주 111쪽

1 (2) ○ 2 ④ 3 예 산촌은 산 주변에 길을 내기 어려워 차가 다니기 힘들 것 같고, 어촌은 태풍이 불면 큰 피해를 입을 것 같다.

1 (1)은 도시, (3)은 어촌, (4)는 농촌에서 볼 수 있는 모습입니다.

2 저수지는 주로 농사를 짓는 곳에서 논에 댈 물을 저장하려고 만듭니다.

3 각 마을의 자연환경, 주택, 시설, 도로 등의 위치와 모습을 살펴보면서 이에 대한 생각이나 느낌을 정리해 봅니다.

4주 113쪽

1 ④ 2 ③ 3 예 (1) 상점과 문화 시설이 많아서 생활하기에 편리하다. (2) 사람과 차, 건물 등이 많아서 복잡하고, 교통사고, 공해 등 다양한 문제가 발생한다.

3 큰 도시는 아파트를 비롯한 주택과 높은 건물, 다양한 교육·문화 시설 등이 있고, 넓고 반듯한 도로도 많습니다. 이를 통해 사람들의 생활 모습을 짐작해 봅니다.

4주 115쪽

1 ① 2 ④ 3 예 목적지까지 가는 길을 알고 싶을 때 이용하면 좋다. 길을 잃어버렸을 때 길을 찾기 위해 이용하면 좋다.

1 그림지도는 마을의 모습을 한눈에 알 수 있는 장점이 있지만, 그리는 데 시간이 많이 걸리고 실제 모습과 조금 다를 수 있습니다.

2 위성 사진은 사람이 직접 다니며 측량해서 만든 지도가 아니라, 지구 밖의 인공위성에서 찍은 사진입니다.

3 내비게이션 지도는 현재 위치를 중심으로 목적지까지 가는 길을 알려 줍니다.

4주 117쪽

1 (1) ㉡ (2) ㉠ 2 ④ 3 예 종이에 보건소를 찾아가는 지도를 간단히 그려서 설명한다. / 가까운 곳이라면 보건소까지 함께 간다.

2 마을의 모습을 그림지도로 그리려면 우선 산과 하천의 위치, 주요 도로, 철도, 눈에 띄는 건물과 땅의 쓰임 등을 알아야 합니다.

3 글이나 말보다는 지도를 그려 설명할 때 이해하기가 쉽습니다.

4주 119쪽

1 ④ **2** ④ **3** 📝 차가 다니는 길과 사람이 다니는 길이 구분되어 있어야 차들은 목적지까지 안전하게 빨리 갈 수 있고, 사람들은 안전하게 길을 다닐 수 있다.

2 고가 도로는 기둥 따위를 세워 땅 위로 높이 설치한 도로로, 주로 교차로나 험한 지형, 교통량이 많은 곳에 설치합니다.

3 사람과 차가 다니는 길에 구분이 없다면 사람은 늘 차를 피해 조심해서 다녀야 하고, 차는 사람들을 신경 쓰느라 느리게 다녀야 합니다.

4주 121쪽

1 방위 **2** (1) 도서관 (2) 윤주네 집 (3) 보미네 집 **3** 📝 동서남북의 위치를 먼저 정해야 한다.(방위를 먼저 정해야 한다.)

3 지도를 이해하기 위해 윤주 어머니는 가장 먼저 휴대 전화를 꺼내어 학교를 중심으로 방향을 잡았습니다. 이것을 참고해 지도를 그릴 때 가장 먼저 할 일을 짐작해 봅니다.

4주 123쪽

1 ④ **2** (1) 보미 (2) 윤주 **3** 📝 (1) 소축척 지도 (2) 우리 마을 주변에 어떤 마을이 있는지 알고 싶기 때문이다.

---

2 (1)은 '소축척 지도', (2)는 '대축척 지도'입니다.

3 대축척 지도와 소축척 지도의 특징과 쓰임을 이해하고, 여러분이 지도를 통해 보여 주고 싶은 것에 알맞은 지도를 선택합니다.

4주 125쪽

1 ④ **2** ①, ②, ③ **3** 예시 답안 생략

3 각 시설의 특징을 떠올려 한눈에 알 수 있도록 간단한 기호로 표현해 봅니다.

4주 127쪽

1 ①, ④ **2** 📝 (1) 학교를 중심에 두고 기준이 되는 방위를 정한다. (3) 눈에 띄는 주요 건물들을 기호로 나타낸다. **3** 📝 목적지의 위치를 찾기 어렵다. 그리고 내가 살고 있는 지역의 모습을 알기 어렵다.

3 지도는 길을 찾거나 지역에 대해 정보를 얻을 때 등 매우 많은 용도로 사용됩니다.

4주 129쪽

1 ③ **2** 해설 참조 **3** 📝 좁은 지역에 많은 사람들이 살기 때문에 아파트가 많고, 산업과 교통이 발달해 있을 것이다.

2 통계 자료를 기호로 간단히 나타내 봅니다.

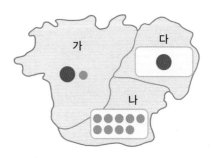

3 표시된 지역은 면적당 인구수가 많은, 즉 인구 밀도가 높은 곳입니다. 인구가 많으면 주택과 차량, 기타 시설에 어떤 영향을 줄지 생각하여 써 봅니다.

에서 관광하면 좋을 곳을 조사하여 관광 안내 지도를 만들고 싶다. (2) 우리 마을에는 아름다운 산과 강이 있어서 경치가 좋고 공기도 맑다. 우리 마을을 소개하여 많은 사람들이 우리 마을로 여행을 올 수 있게 하고 싶다.

1 (1) 현대화된 농촌 지역의 모습으로, 농촌에 필요한 많은 시설이 잘 갖추어져 있습니다. 자연환경을 어떻게 이용하고 있는지, 어떤 시설들이 있는지 살펴봅니다. (2) 어떻게 찾아가야 하는지 지도를 통해 따라가 봅니다.

2 내가 살고 있는 집 주변, 우리 지역의 여러 가지 시설을 떠올리며 정리해 봅니다.

4주 131쪽

1 ① **2** (1) 지역별 주요 관광지 (2) 지역별 특산물 **3** 예 '특산물 안내도'를 통해 각 지역의 특산물을 한눈에 살펴볼 수 있다. / '산업도'를 통해 각 지역에 발달한 산업을 알 수 있고, 앞으로 어느 지역에 어떤 산업을 발전시킬지 계획을 세울 수 있다.

1 인구, 기후, 날씨, 산업, 교통 등과 관련한 자료를 이용해 지역의 다양한 생활 모습을 지도로 나타내기도 합니다.

2 (1)은 각 지역의 주요 산과 온천 등 경치 좋은 관광 명소를 나타낸 안내도입니다. (2)는 지역에서 나는 특산물을 알기 쉽게 나타낸 특산물 지도입니다.

3 각 지도의 특징과 장점을 생각하여 봅니다.

4주 135쪽 　궁금해요

예 (1) 옛날에 우리나라도 세계 지도를 그렸다는 것과 국토 지리 정보원에서 기본이 되는 지도를 만든다는 사실을 새로 알게 되었다. (2) 국토 측량이나 항공 사진을 촬영하는 방법, 우리나라의 옛 지도에는 무엇이 더 있는지 등이 궁금하다.

4주 132~133쪽 　되돌아봐요

1 예 (1) 큰길 주변에 크고 작은 건물들을 지어 활용하고 있고, 개천 주변은 논으로 이용하고 있다. (2) 보미네 집에서 남서쪽으로 조금 걸어가면 경찰서가 나온다. 이 경찰서를 지나 조금 더 서쪽으로 가면 병원이 있는 큰 사거리가 나오는데, 그곳에서 남서쪽으로 가면 삼거리를 만난다. 삼거리에서 북서쪽으로 가다 보면 도서관이 있다. **2** 예시 답안 생략 **3** 예 (1) 내가 살고 있는 지역

4주 137쪽 　내가 할래요

예시 답안 생략

● 내가 살고 있는 지역의 주요 건물, 길, 산, 하천 등을 조사하여 주어진 순서에 따라 그림지도를 그려 봅니다.

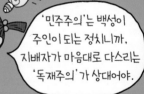